Les 5 souhaits de Rose

Rue de la Blanche Borne 15
6280 Gerpinnes (Loverval) – Belgique
www.kenneseditions.com

Légère adaptation : Cassandre Sobieski

Dépôt légal : juin 2018 — D/2018/13.105/48

ISBN : 978-2-8758-0547-8
NUART : 28-3606-4

Imprimé en Italie sur les presses de Grafica Veneta

Catherine Bourgault

Les 5 souhaits de Rose

Kennes

AVERTISSEMENT

*Le site Web de Big Power
est inventé. Il sort tout droit de
l'imagination débordante
de l'auteure.*

Chapitre 1

Les monstres vivent la nuit

Un, deux, trois… *GO* !

Non ! Pas tout de suite.
Je ne suis pas prête !

OK. Je recommence.

Un, deux, trois… *GO !*

Je n'y arrive pas. Je suis dans le cadre de la porte de ma chambre. On dirait que j'ai de la colle sous les pieds. Allez, un peu de courage.

Cette fois-ci sera la bonne.

Un, deux, trois… *GO !*

J'éteins la lumière et je cours jusqu'à mon lit. Ce n'est pas loin : cinq pas. Mais toute seule dans le noir, j'ai peur !

Les objets ne se ressemblent plus la nuit. On dirait qu'ils sont déformés et plus gros.

Sur l'affiche au mur, Elsa n'a plus ses beaux cheveux blonds. Dans la pénombre, elle a l'air d'une sorcière avec

des dents tordues et
un chapeau immense !
Le petit pingouin noir
et jaune en céramique
que j'ai moi-même peint
s'est transformé
en un gigantesque
extraterrestre
qui veut m'avaler
en une seule
bouchée.

Je saute sur mon
lit. Un vrai saut en
hauteur comme le prof
d'éducation physique

nous a entraînés à le faire cette semaine. Il serait fier de ma performance !

Mais je ne dois plus faire ça… Chaque fois, mon lit craque et il finira par se casser en deux !

En vitesse, je glisse mes pieds sous les couvertures. Même si on dit que les monstres n'existent pas, je pense qu'ils se cachent pendant la journée et qu'ils vivent la nuit. J'ai toujours l'impression qu'il y en a un sous mon lit. Il attend que je me couche pour m'attraper les orteils.

Je remonte la couverture jusqu'à mon nez. Les yeux grands ouverts, je regarde ma chambre. Est-ce que quelque chose a bougé ?

C'est quoi, cette ombre près de la fenêtre ? Mes oreilles sont des antennes qui captent le moindre bruit étrange. Il y a un **CRIC-CRAC** sur ma droite !

Oh mon Dieu ! Le monstre se prépare. Il fait craquer ses doigts pour mieux m'égorger !

J'inspire. Je gonfle mon ventre d'air, puis je reste immobile. Pas question d'attirer l'attention de monsieur le monstre.

Oups ! Je ne pourrai pas retenir mon souffle encore longtemps ! Mes joues se dégonflent comme des ballons percés. L'air sort de mes poumons. Ma bouche fait un bruit de pet.

On se calme, ce n'est que Léon, mon hérisson. Il mange tranquillement ses croquettes dans sa cage.

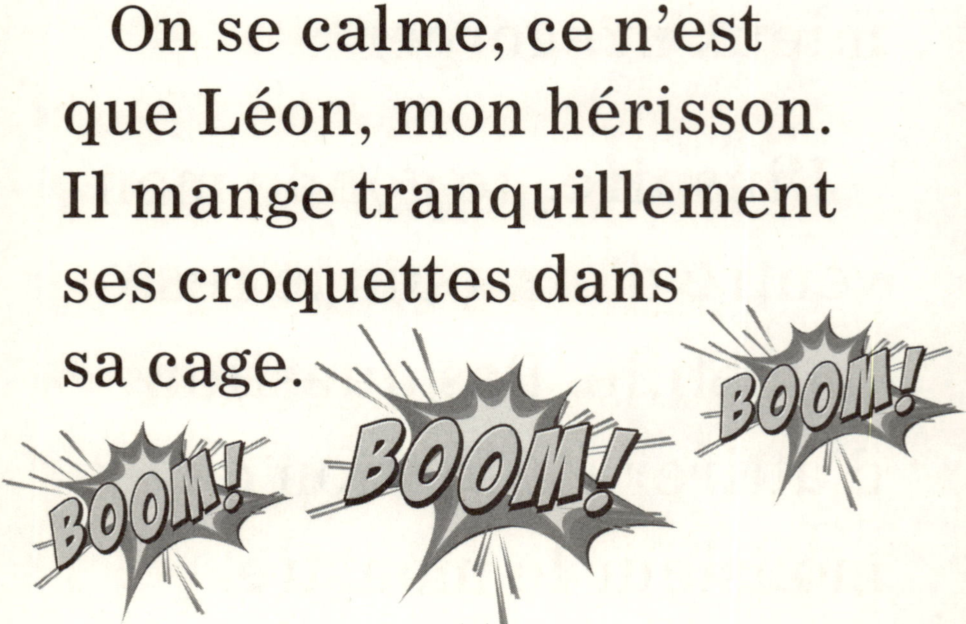

Le plancher tremble. Mais ça ne m'inquiète pas, je sais que ce n'est que mon frère qui fait des sauts périlleux dans le couloir. Il suit des cours de danse hip-hop et il passe son temps à répéter ses mouvements.

L'autre fois, il a essayé de tourner en équilibre sur sa tête. Il a accroché la lumière au plafond avec ses grands pieds !

Je crois que j'aurais moins peur si maman acceptait de remplacer l'ampoule grillée de ma veilleuse. Elle dit que je suis assez grande pour apprendre à dormir dans le noir. Moi, je ne trouve pas.

Jusqu'à quel âge a-t-on peur des monstres cachés sous les lits ?

Chapitre 2

Des Lucky Charms* sans guimauves

Maman est chanteuse d'opéra. Mon père affirme qu'elle pousse des notes si aiguës qu'elle fera éclater des verres un

---

* Marque de céréales mélangeant de l'avoine grillé et des morceaux de guimauves multicolores.

jour. C'est vrai que c'est un son particulier... Il y a des gens qui aiment ça.

Ses spectacles sont beaux ! Mais nous n'en pouvons plus d'entendre ses vocalises à la maison.

C'est sans arrêt. Pendant qu'elle prépare les repas, qu'elle plie le linge, qu'elle fait la vaisselle. Le matin, le midi, le soir. Même quand elle parle, on dirait qu'elle chante. Comme le matin lorsqu'elle frappe aux portes des chambres pour nous réveiller.

— **Oooh! Oooh! Oooh!** Deboooout! **Aaah! Aaah! Aaah!** Il est sept heuuures, les poussins. **Oooh! Oooh! Oooh!**

C'est un réveille-matin pénible. Je lui ai dit plusieurs fois que je peux mettre l'alarme sur mon iPod, mais elle continue quand même.

J'ouvre un œil. La bonne nouvelle est que je suis encore vivante. J'ai mes deux mains. J'ai mes deux pieds. Mon nez est bien en place.

Aucune partie de mon corps n'a été dévorée par un monstre gluant pendant la nuit.

Dommage, ça aurait été une bonne excuse pour rester couchée.

Je ne veux pas aller à l'école aujourd'hui.

Mon frère non plus, je pense. Il grogne déjà. En fait, il grogne tout le temps. Il paraît que ce n'est pas simple d'avoir quatorze ans.

Ma vie est déjà compliquée, je n'ai pas hâte d'avoir son âge.

Je me penche et pose les mains au sol pour regarder sous le lit. Le champ est libre. Pas de monstre à l'horizon. Je peux me lever.

Je remplis le plat de Léon de croquettes qui puent. Sur le sac de nourriture, c'est écrit « croquettes au poulet », mais ce n'est pas ce que ça sent ! J'ai pitié de lui d'être obligé de manger ça. Il a mis un désordre incroyable dans sa cage !

Mon hérisson vit la nuit. Il joue avec des petites balles, il court dans sa roue comme un hamster...

Le reste du temps, il est roulé en boule dans un igloo en bois que papa lui a fabriqué.

Je voulais un chien, mais maman n'a rien

voulu savoir. Elle ne veut pas ramasser de poils. Je suis quand même chanceuse d'avoir un animal de compagnie. Maintenant, je suis amoureuse de mon beau Léon au nez rose et aux piquants blancs.

Je décide de m'habiller tout de suite. En fait, c'était mon plan.

QUOI ? Maman n'a pas lavé mon tee-shirt rose

avec des brillants ? Je fouille dans mes tiroirs en sortant les vêtements un à un. Elle l'a peut-être rangé au mauvais endroit.

Mes tiroirs sont vides, tous mes tee-shirts forment une montagne sur le lit. Celui que je voulais mettre aujourd'hui n'est nulle part !

Fâchée, je piétine jusqu'à la porte.

Oh ! Mon petit frère fait une crise parce que ses chaussettes préférées sont sales. Parfait ! On sera deux à demander que maman fasse la lessive maintenant. Elle est dans sa chambre et essaie de le calmer.

Elle lui explique que le lave-linge est brisé et que le réparateur passera demain… C'est vrai, j'avais oublié.

Je reviens sur mes pas. Je suis vraiment déçue que mon beau tee-shirt rose soit sale, mais ce n'est pas la faute de maman si le lave-linge ne fonctionne plus.

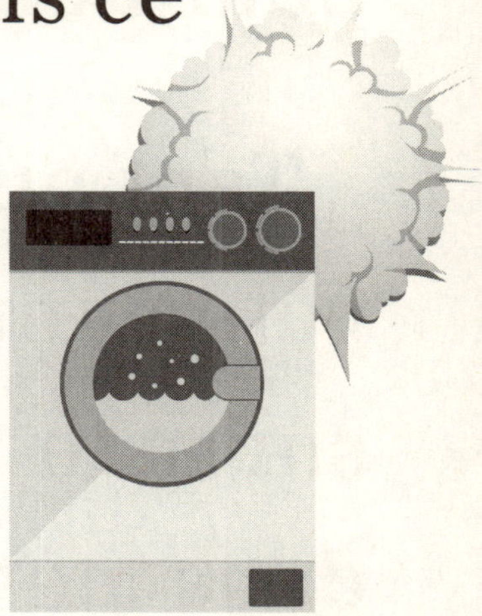

Je pense à lui demander de le laver à la main dans le grand lavabo de la cave. Elle le fait avec ses costumes de scène.

J’abandonne vite l’idée, il n’aurait pas le temps de sécher avant que je parte pour l’école.

Tant pis. Je prends les vêtements en désordre sur mon lit et les lance dans mes tiroirs. Je choisis le tee-shirt blanc avec un cœur bleu sur l’épaule. C’est mon deuxième tee-shirt préféré.

Maman est débordée avec mon petit frère qui pleure pour ses chaussettes Minions et mon grand frère qui grogne pour rester couché encore cinq minutes. Je vais attendre un peu avant de lui réclamer mon tee-shirt rose pour demain !

Moi, je suis l'enfant du milieu. On est d'accord pour dire que c'est la pire place qu'un enfant peut avoir dans une famille... C'est toujours à moi de faire des compromis.

En plus, Clovis a des privilèges parce qu'il est le plus vieux. Il se couche plus tard le soir. Il a le droit de regarder les films classés treize ans et plus. Papa et lui font des sorties entre gars...

Et moi ? Je me fais garder avec Ludovick. Il a quatre ans, mais il est encore le bébé chéri de maman. Mes parents le laissent boire du jus au dîner. Une totale injustice ! Il peut aussi s'endormir dans le grand lit de la chambre principale s'il a peur.

PAS JUSTE.

Je vais revendiquer des droits pour tous les enfants du milieu. Nous aussi, on mérite des privilèges. Je ne demande pas grand-chose ! Je veux juste avoir une veilleuse dans ma chambre.

Et mon tee-shirt rose.

Et pouvoir manger dans le salon de temps en temps en regardant la télé.

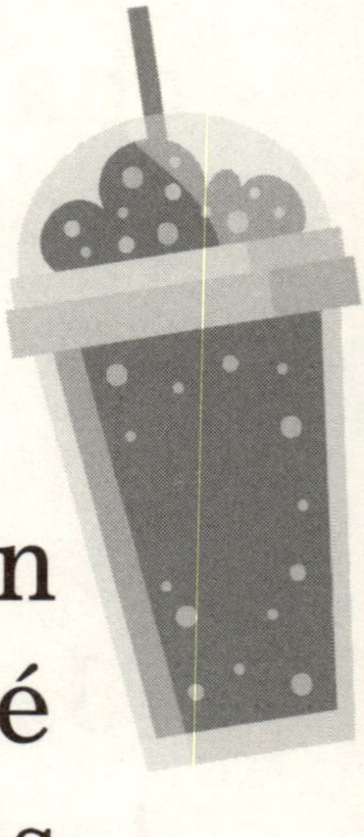

Et avoir la permission d'aller boire un granité au snack avec mes amis après l'école.

Et avoir des mèches turquoise.

En attendant, je m'assois à ma place à la table, face à la fenêtre.

Je suis la première arrivée dans la cuisine. Tant mieux ! Mes frères attendent toujours que maman s'impatiente avant de bouger.

Pendant ce temps, j'ai la cuisine pour moi toute seule. Ça sent le café que papa se verse dans une tasse hermétique pour le trajet en voiture jusqu'à son travail.

En plus, il n'y a pas de miettes de toasts partout ni de traces de lait. Tout est propre et maman est trop occupée pour vérifier la quantité de caramel que je mets sur mes tartines.

Ce matin, je soupire

devant la boîte de Lucky Charms sans guimauves. C'est mon petit frère qui les a toutes mangées.

Maman l'a laissé faire. Je pense qu'elle était contente qu'il soit tranquille deux minutes. Elle envoyait un texto sur son téléphone et ça avait l'air important.

Des Lucky Charms sans guimauves, c'est bon

quand même, mais ce n’est pas pareil. Comme des frites sans ketchup.

Je ne veux pas aller à l’école.

Mes parents m’ont fait une surprise pour la semaine de vacances. Et ce n’était pas un voyage au Mexique. La moitié des élèves de ma classe partent dans le Sud pour les vacances. Ça fait trois ans que je veux aller à

Walt Disney World pour visiter le château de Cendrillon !

Maman dit qu'on ira un jour... Oui, mais quand ? Je suis la seule de mes amies à ne pas avoir vu

les princesses en vrai dans leurs belles robes. Alors la surprise de mes parents : « Coucou, tu auras un appareil dentaire. » Le congé était un bon moment, selon eux.

Ils avaient un peu raison. J'ai eu le temps de m'habituer à avoir des rails de chemin de fer dans la bouche. Je ne me reconnais pas encore quand je souris dans un miroir. Ça change un *look* ! Et c'est difficile de manger avec ça. Tout reste pris dans les fils. Parler aussi, c'est étrange...

TOUT LE MONDE VA RIRE DE MOI À L'ÉCOLE.

En plus, mon ami Gabriel sera absent quelques jours encore. Il fait partie de ceux qui ont des parents *cool* qui emmènent leur famille en voyage au chaud pendant les congés. Il a un appareil, lui aussi, il aurait pu me défendre…

Je devrai affronter la bande seule. Je me tiendrai tranquille. Avec un peu de chance, je n'aurai pas à ouvrir la bouche de la journée.

Chapitre 3

Impossible de passer inaperçue

Sofi m'a trouvée bête dans l'autobus. J'ai fait exprès d'arriver à l'arrêt à la dernière minute. Mon amie a passé la semaine chez sa grand-mère qui n'a pas Internet et je ne lui ai pas encore dit que j'ai un appareil. Je ne suis pas prête !

Je me suis cachée derrière le buisson chez madame Gagnon. De la neige dans les bottes et mon bonnet à moitié sur les yeux, j'ai attendu de voir apparaître le nez jaune

de l'autobus et j'ai couru pour ne pas
le rater.

— Hé ! Salut, **Rose** ! Je pensais que tu étais absente.

J'ai marmonné un « salut », la tête baissée. Sofi et moi, nous attendons l'autobus ensemble depuis la maternelle. Sa grande sœur, Selena, sort avec mon frère. Mon amie aussi est une enfant du milieu ! Elle a un petit frère, Simon. Ses parents adorent les S.

J'ai sorti un livre de mon sac et j'ai fait semblant d'être très concentrée sur ma lecture pour décourager mon amie de me parler. Une stratégie ridicule. C'est évident que je devrai ouvrir la bouche dans le vestiaire. Et maintenant Sofi se demande pourquoi je suis fâchée contre elle.

Tout le monde est excité de se retrouver après la semaine de vacances.

— Salut, **Rose** ! me lance Allie. Regarde le super bracelet que j'ai fabriqué chez mon père.

Je n'ai pas encore enlevé mon bonnet

qu'elle met son poignet devant mes yeux pour me montrer son chef-d'œuvre.

Je dois reculer la tête pour bien le voir. WAOUH ! IL EST TROP BEAU ! On dirait de vraies pierres précieuses. Moi, je fais encore des bracelets avec des élastiques...

Je lève mon pouce pour lui montrer que je le

trouve magnifique, puis j'essaie de cacher mon visage avec mes cheveux que j'ai volontairement laissés détachés ce matin.

— Tu m'en feras un comme ça !

J'enlève mon manteau et je suspends mes affaires sur mon crochet. J'ai bien fait de ne pas porter mon tee-shirt rose finalement, Allie a mis le sien. Ce n'est plus trop à la mode de s'habiller comme sa meilleure amie. Allie me contourne :

— Qu'est-ce que tu as ce matin ? demande-t-elle, curieuse. Tu parles bizarrement, il me semble.

J'évite de la regarder. J'enfile mes souliers.

— Rien…

Allie s'accroupit à côté de moi et se penche pour

m'observer. **GRRR!**
Elle ne lâche pas.

— Non! Je suis certaine que tu as quelque chose de changé! insiste-t-elle.

Je soupire. Elle m'embêtera avec ça tant que je ne lui répondrai pas. Je fais un double nœud avec mes lacets, puis j'étire les lèvres pour lui sourire d'une façon exagérée.

— Voilà ! dis-je en montrant mes dents. C'était mon activité surprise de la semaine de vacances.

— Oh mon Dieu ! s'exclame Allie en plaquant les mains sur ses joues.

J'AI UN INSTANT DE PANIQUE.

— C'est si horrible que ça ?

À voir son regard, j'ai l'impression qu'un

énorme bouton vert me pousse sur le nez. **AU SECOURS!** Au même moment, Félix et sa bande passent près de nous. Pas eux... Ils se prennent pour les vedettes de l'école.

Ils marchent comme si le couloir était à eux. Ils sont du genre à coller leur chewing-gum sur les bancs et à se trouver drôles. Tellement immatures. C'est sûr qu'ils vont remarquer que j'ai changé.

— Oh ! Avez-vous vu notre Rosinette ce matin ? s'exclame Félix en secouant la tête pour replacer sa frange.

Félix a les cheveux mi-longs qui cachent

toujours ses yeux. Il passe son temps à les repousser avec sa main ou en donnant un petit coup de tête. Louis, Joël et Philippe éclatent de rire.

— Ha, ha, un appareil !

Je pince les lèvres. Là, c'est vrai que je n'ouvre plus la bouche de la journée.

Chapitre 4

Bouche cousue

Une surprise m'attendait quand je suis entrée dans ma classe. Madame Claudie n'est pas assise à son bureau comme d'habitude. C'est un MONSIEUR VINCENT.

— Madame Claudie a de petits ennuis de santé, nous apprend-il. Je serai votre enseignant pour un temps indéterminé.

La bande de Félix pousse quelques « yé! ». Les autres marmonnent des « oh! ». J'espère qu'elle n'est pas trop malade et qu'elle reviendra vite ! Je l'aime beaucoup, mon enseignante. Elle est souriante et elle parle toujours d'une voix douce.

Monsieur Vincent a quand même l'air sympathique. Il est jeune pour être prof ! Il porte une chemise à carreaux sortie de son jean. Et de grosses bottes avec un bout en acier comme les hommes qui travaillent sur les chantiers de construction !

Il bouge vite devant la classe. Il m'étourdit. En fait, il s'adresse à nous comme si nous étions au CP.

— Bonjour, les copains !

Les copains ?

Il y a un moment de silence. Je crois qu'il s'attendait à ce que nous lui retournions en chœur un « Bonjour, **MONSIEUR VINCENT** ». Nous l'observons plutôt avec de grands yeux.

— On va beaucoup s'amuser tous ensemble, poursuit-il. Je vais vous présenter de nouveaux projets !

Le pauvre, quelqu'un devrait lever la main pour lui expliquer qu'il est beaucoup trop hop-la-vie pour un lundi matin.

D'ailleurs, **MONSIEUR VINCENT** perd vite son entrain devant l'absence de réaction de son groupe. Il passe une main dans ses cheveux courts.

— OK ! lance-t-il entre ses dents serrées. On va commencer par quelque chose de simple. Vous allez me parler un peu de vous. Je vais demander à chacun de me dire son nom et sa matière préférée.

Je me crispe sur ma chaise. Non ! Je ne veux pas ouvrir la bouche ! Pas question que je prononce un seul mot devant la classe pour que tout le monde se moque de moi. Mais comment y échapper ?

Je pourrais simuler une envie pressante et courir aux toilettes.

Ah ! Je sais ! Je vais écrire sur un bout de papier que j'ai perdu la voix. Ma mère a déjà eu une pharyngite et elle n'a pas parlé pendant trois jours.

Oh non ! **MONSIEUR VINCENT** me désigne.

— Toi, tu peux commencer.

Pourquoi moi ? Je ne suis même pas assise dans la première rangée !

J'essaie de lui faire mon regard de chat botté, comme dans le film *Shrek*. Il aura peut-être pitié de moi et passera à quelqu'un d'autre. Puisque je ne réponds pas, il hausse les sourcils.

— Tu peux te nommer ?

Mes camarades se tournent un à un. Même Louis qui dormait sur son bureau se redresse pour voir ce qui se passe. Ils me regardent et se demandent pourquoi je ne réponds pas.

La question est pourtant facile : le prof veut juste connaître mon nom. Ce n'est pas comme s'il me demandait de nommer toutes les provinces du Canada par ordre alphabétique !

Je suis figée, incapable d'ouvrir la bouche. **MONSIEUR VINCENT** s'avance vers mon pupitre, les mains sur les hanches.

— Ça commence mal, jeune fille ! Ce n'est pas parce que je suis suppléant que les règles de politesse changent.

Il pense que je désobéis parce que je ne veux pas lui répondre ! Bon, c'est un peu ça…

— Si c'est comme ça, dit-il, va à la bibliothèque et j'irai te voir à la récréation.

Chapitre 5

Le message mystérieux

La bibliothécaire, madame Chantale, a l'habitude de voir débarquer les élèves en retenue. À moins que

ce soit assez grave pour qu'on aille directement au bureau du directeur, c'est ici qu'on aboutit pour réfléchir.

Ce matin, l'endroit est désert. Il est plutôt rare

qu'on se fasse sortir de la classe à peine dix minutes après le début des cours. Surtout un lundi. Tous les élèves ont le cerveau encore endormi du week-end, et même la bande de Félix se tient tranquille.

Je m'installe à une table près de la fenêtre. Le soleil du printemps est chaud et ça me remonte le moral. Je l'avais bien dit à ma mère que ce n'était pas une bonne idée d'avoir un appareil. Elle n'a rien voulu entendre! « Mais non, presque tout le monde a un appareil maintenant, c'est la mode. »

Pfff! Ça se voit qu'elle n'en a jamais eu pour dire ça.

Elle a intérêt à ne pas être fâchée pour la retenue que je viens d'avoir. C'est sa faute si j'ai ça dans la bouche et si ça me crée des problèmes. Maman me répète que je serai contente du résultat final et que j'aurai un beau sourire bien droit.

MONSIEUR VINCENT m'a demandé d'expliquer mon comportement en une page. Facile. Je fais ça rapidement !

Il saura à quel point je déteste mon nouvel appareil. Il devrait mieux comprendre pourquoi j'ai refusé de répondre à sa question devant le groupe.

Je termine en lui disant que, s'il pouvait m'oublier pour les interrogations surprises en classe, ce serait apprécié. Merci. Et je signe : **Rose Rousseau**.

Je dépose mon crayon, qui roule sur la table et tombe par terre en faisant un bruit qui se répercute en écho tellement la bibliothèque est silencieuse.

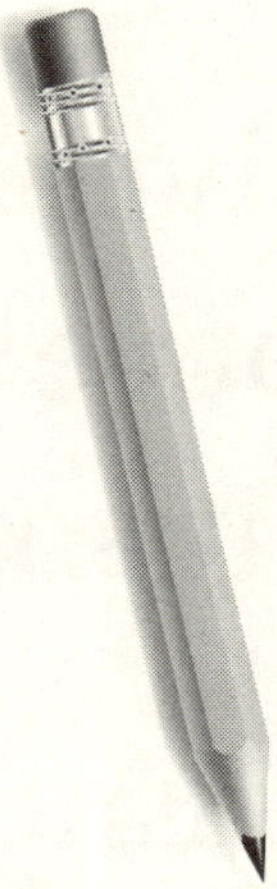

J'entends seulement madame Chantale jouer dans ses papiers. **Beurk !** Elle lèche le bout de son doigt avant de tourner les pages d'un livre. C'est dégueu ! Mon père fait ça aussi quand il lit son journal.

Encore trente minutes avant la cloche. J'ai le temps de me choisir un livre. Ce n'est pas si mal, finalement, être en retenue. J'échappe au cours ennuyeux de mathématiques.

Hum, à bien y penser, je ne serais pas étonnée que **MONSIEUR VINCENT** me donne tous les exercices vus en classe à faire en devoir.

Je regarde sur les tablettes à la recherche d'un livre qui pourrait m'intéresser.

Je choisis un documentaire sur la danse. J'aimerais tellement suivre des cours et être bonne comme mon frère.

Mes parents sont même d'accord ! Ils voulaient m'inscrire, mais je n'ai pas voulu. Je ne connais personne de mon âge qui en fait et ça me gêne de danser devant les gens. Un jour, je me déciderai peut-être à y aller…

Quand je reviens vers la table, je remarque un livre rouge sous ma chaise. Était-il là tout à l'heure et je ne l'ai pas vu ? Il me semble que non…

Comment a-t-il atterri là ? Je suis seule dans la bibliothèque ! Et madame Chantale est toujours concentrée sur ses papiers.

Bizarre.

Intriguée, je me penche pour le ramasser. Le titre est plutôt banal :

Les pouvoirs magiques de Rose

On dirait un bouquin pour les tout-petits, mais non, c'est un roman.

C'est quand même une étrange coïncidence que mon prénom soit dans l'histoire. Ça a l'air COOl. Le personnage peut changer tout ce qu'elle n'aime pas autour d'elle. Chanceuse. J'ai une idée de ce que je souhaiterais voir disparaître...

Au bas de la cinquième page, quelqu'un a écrit une adresse de courriel au crayon rouge.

Ce n'est pas rare que les élèves barbouillent dans les livres… On retrouve souvent des dessins ou des mots idiots. Ils se pensent très drôles ! Là, c'est une jolie écriture. Les lettres sont alignées, les courbes sont parfaites.

dislemotmagique@bigpower.net

Juste au-dessus, la personne a ajouté : « Écris-moi si tu peux. » Je me demande bien à qui ça s'adresse ! Peut-être un langage codé entre deux élèves ?

La cloche va bientôt sonner ! Je me dépêche de noter l'adresse sur mon poignet et je range le livre.

Chapitre 6

Big Power

C'était la plus longue journée de toute ma vie. Avec celle où je suis restée allongée sur la chaise du dentiste

pendant des heures
alors qu'il installait mon
appareil.

Monsieur Vincent
a compris pourquoi
je n'avais pas voulu
répondre à sa question
devant toute la classe.

Il s'est même excusé
d'avoir insisté. Il m'a
raconté qu'il a eu un
traitement d'orthodontie
quand il avait mon âge et

que, même si ça semble être la fin du monde, on s'habitue vite.

Il m'a complètement découragée. En l'écoutant, j'ai réalisé que j'aurai cette horreur dans la bouche pendant un an ou deux. Peut-être plus !

AU SECOURS !

Impossible de garder le silence si longtemps...

Je m'enferme dans ma chambre pour commencer mes devoirs. Mon petit frère fait trop de bruit en jouant avec ses voitures. Il les frappe les unes contre les autres. Il les fait rouler jusqu'à ce qu'elles foncent dans le mur. Le pire est son imitation ratée d'un son de moteur.

Et maman qui chante en préparant le dîner. C'est **trop** !

Jamais moyen d'avoir la paix ici !

Je sors mes livres de maths. Comme je le pensais, je dois faire les exercices que le reste du groupe a faits pendant mon heure à la bibliothèque. J'en ai pour la soirée ! **BEURK !** Déjà que je n'aime pas cette matière…

Mon iPod sonne. Je regarde qui m'écrit.

Sofi_cat :

Je t'ai trouvée vraiment bête avec moi aujourd'hui !

Pauvre Sofi ! Elle avait de la gymnastique ce midi, et à la récréation elle boudait encore. Je n'ai pas pu lui parler.

Tant pis pour les devoirs, je dois répondre à mon amie !

Rose_love44:

Je m'excuse! Ce n'est pas toi, j'étais gênée de montrer mon appareil...

Sofi_cat:

Je pensais que je t'avais fait quelque chose!

Rose_love44:

Non, je te jure!

Sofi_cat:

Mon dentiste a dit que j'aurai sûrement un appareil moi aussi.

Rose_love44:

Ah oui? Bientôt? Ce serait *cool* de les avoir en même temps! Je ne serais pas la seule à avoir un sourire raté sur les photos.

Sofi_cat:

Pas tout de suite, il faut attendre que toutes mes dents d'adulte aient poussé... Il est OK, ton sourire! 😜 Bon, je vais faire mes devoirs. À plus.

Rose_love44:

Moi aussi! À plus XXX

Je soupire en ouvrant mon classeur de mathématiques. Je vois l'adresse de courriel que j'avais écrite sur mon poignet. J'y ai pensé toute la journée !

dislemotmagique@bigpower.net

Je me suis lavé les mains souvent et l'encre s'est un peu effacée. Trop intrigante, cette adresse.

C'est vrai que, pour rire, n'importe qui peut se créer un courriel avec un nom bizarre. Je veux trop savoir c'est qui !

Je reprends mon iPod. *Toutes les excuses sont bonnes pour ne pas faire mes devoirs.*

À : dislemotmagique@bigpower.net

De : rose_love44@live.com

Objet : Le mot magique

Salut !

Mon mot magique préféré est « s'il te plaît ».

Bye !

Je ris toute seule en écrivant le message. C'est n'importe quoi, ce truc.

J'appuie sur 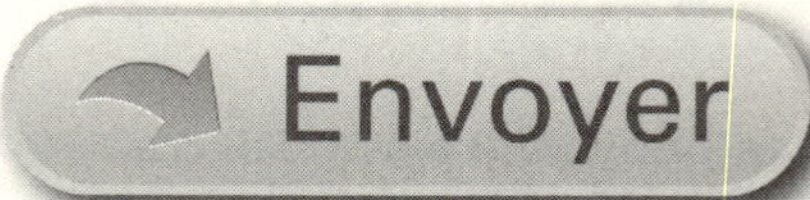

en imaginant la tête de la personne qui recevra mon courriel.

J'espère que ce n'est pas quelqu'un de la bande à Félix... Ce serait leur genre de mauvais coup.

Je m'apprête à retourner à mes problèmes de

mathématiques quand je remarque que l'écran de mon appareil devient bleu. On dirait un bogue !

Oh non ! Qu'est-ce qui se passe ? J'essaie de fermer l'iPod. Habituellement, un redémarrage fait des miracles.

Il ne se passe rien.

J'appuie à répétition sur la vitre. Je panique !

Tout est bloqué. J'ai laissé tomber l'appareil plusieurs fois la semaine dernière. Maman m'a dit de faire attention pour ne pas le casser ! Elle ne m'en rachètera pas un autre. Je ne veux pas perdre toutes mes photos. Et ma musique ! Mes applications...

BOUM ! Un message apparaît sur l'écran bleu :

Vous êtes redirigé vers le site de Big Power.

Mon cœur bat encore plus vite. Super, l'adresse de courriel était un virus et je me suis fait avoir !

Pourtant, c'est une règle de base avec Internet : on n'envoie pas de message à des inconnus. On doit faire attention sur quoi on clique ! Tout le monde sait ça.

Je lâche l'iPod comme si le fait de le toucher me contaminerait. Il tombe sur mon coussin en forme d'émoticône de bonhomme sourire.

Le site Internet de Big Power apparaît.

Félicitations!
Big Power te compte maintenant parmi ses membres. Tu as le privilège de changer ce que tu veux dans ta vie.

Pour faire une demande, remplis le formulaire ci-dessous.

Prénom:

Nom:

Adresse de courriel:

Entrez votre demande:

Important : Site réservé aux membres.

C'est vraiment une arnaque, cette affaire. Comme si on pouvait modifier notre vie en un clic. **Bah !** S'il y a une chance que ça fonctionne… Qu'est-ce que je voudrais changer ?

J'hésite entre ne plus avoir peur des monstres et ne plus avoir d'appareil.

Chapitre 7

Demande acceptée

J'ouvre les yeux en ayant l'impression d'avoir dormi pendant trois mois. Mon corps est lourd. J'ai un peu mal à la tête aussi.

Je regarde mon réveil. Oh mon Dieu ! Il est sept heures trente-quatre. Pourquoi maman ne m'a-t-elle pas réveillée ? Je vais manquer l'autobus !

J'oublie de regarder s'il y a un monstre caché sous mon lit et je saute sur mes pieds. Je fonce à la cuisine où Ludovick regarde *La Pat'Patrouille*

collé sur sa peluche Marcus. Maman est en robe de chambre et fredonne en touillant dans son café.

— Tu es déjà debout, ma puce ?

— Qu'est-ce que vous faites ? que je m'écrie. Il faut se préparer, on va être en retard !

Clovis dort encore. Maman souffle sur sa boisson chaude.

— En retard pour quoi ?

— Pour aller à l'école, voyons !

Mon sac à déjeuner n'est pas prêt ! Il est vide sur le comptoir parmi les autres. Vite, je dois m'habiller. J'espère que mon tee-shirt préféré est propre…

— **Rose**, calme-toi ! Vous êtes en congé.

Un sourcil relevé, je dévisage ma mère.

J'ai loupé une journée pédagogique dans le calendrier scolaire ou quoi ? Il n'y a même pas de tempête dehors !

— Semaine de vacances, précise ma mère. Es-tu somnambule, **Rose** ? Tu peux retourner te coucher...

Je recule sur la pointe des pieds. Est-ce que maman s'est cogné la tête pendant la nuit et a perdu la mémoire ? Vite ! Je dois réveiller mon frère.

Je me précipite dans la chambre de Clovis. Même si ça pue toujours les pieds dans cette pièce-là !

— Clovis, lève-toi, c'est urgent !

Je saute sur son lit. Je tire ses couvertures. Il grogne.

— Qu'est-ce que tu fais ? **Laisse-moi tranquille !** Pour une fois qu'on est en vacances et qu'on peut dormir tard !

Je lâche son couvre-lit. Mon frère aussi est tombé sur la tête. Je retourne dans ma chambre. J'essaie de réfléchir à ce qui se passe. J'ai le réflexe de regarder la date sur mon iPod. Le 4 mars. Impossible, on recommençait l'école le 9 ! Bon, mon appareil est vraiment cassé...

Un message dans ma boîte de courriel me fait sursauter. Il a été envoyé le 9 mars ! Alors pourquoi serions-nous le 4 ? Il provient du site de **Big Power**. Les mains moites, je l'ouvre.

À : rose_love44@live.com

De : dislemotmagique@bigpower.net

Objet : Demande acceptée

Bonjour,

Ta demande est acceptée.

Bonne journée !

C’est tout ? Il n’y a pas plus d’explications ? Je passe la langue sur mes dents. Elles sont lisses et douces. Je ne sens plus aucun fil rugueux.

Je les touche avec mes doigts. Mon appareil a disparu ! Le 4 mars est la journée où on me l’avait installé. J’ai donc remonté le temps jusqu’à cette date ?

Je dois rêver. C’est impossible, tout ça. Ça

ne peut pas être si facile de changer tout ce qu'on n'aime pas dans notre vie ! Je retourne sur le site de **Big Power**.

Entrez votre demande:

Je réfléchis à ce que j'aimerais avoir. Si c'est un rêve, je ne veux pas me réveiller. Si c'est la réalité, j'ai bien l'intention d'en profiter !

J'ai une idée.

Entrez votre demande :

Je veux que tous les aliments de la Terre soient des sucreries.

Ce serait super de dévorer des gâteaux et des bonbons pour le dîner ! Ne plus entendre maman me disputer parce que je ne mange pas assez de légumes.

Ce n'est pas ma faute si je n'aime pas les

champignons. C'est mou et spongieux. Beurk ! Ça colle sur les dents. En plus, ça a un goût de terre.

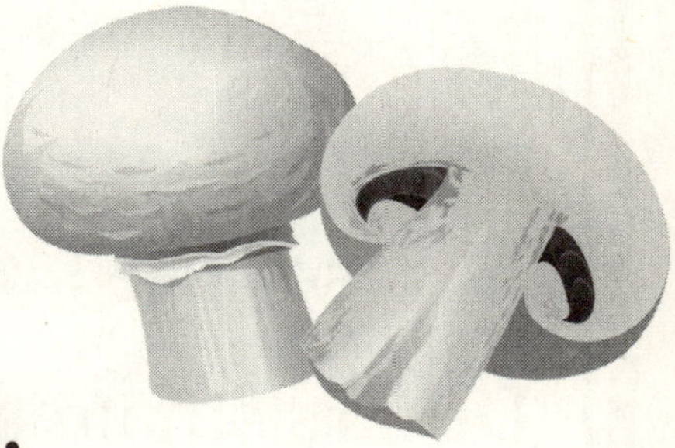

Je veux une montagne de paquets de biscuits aux brisures de chocolat dans le garde-manger. Des guimauves. Des caramels. De la crème fouettée.

Je reçois rapidement le courriel avec la réponse :

À : rose_love44@live.com

De : dislemotmagique@bigpower.net

Objet : Demande refusée

Bonjour,

Les demandes dangereuses pour la sécurité ou qui pourraient nuire à la santé sont automatiquement refusées.

Bonne journée !

Il me semblait bien que ça ne pouvait pas être parfait. Je trouve autre chose.

Entrez votre demande :

Avoir un chien !

Ce serait vraiment super ! J'en veux un depuis toujours.

À : rose_love44@live.com

De : dislemotmagique@bigpower.net

Objet : Demande acceptée

Bonjour,

Ta demande est acceptée.

Bonne journée !

Je suis tout excitée ! Je suis en congé, je n'ai plus d'appareil et je vais avoir un chien. J'hallucine !

Bon, maintenant, il arrive quand – et comment – le chien ?

Chapitre 8

Le chien contre le hérisson

Je suis réveillée par les grognements de mon frère. En fait, ce sont des hurlements d'impatience. Je me rends compte que je dormais sur mon bureau. **Ouille !** J’ai mal au dos. Je m’étire en regardant autour de moi. Qu’est-ce que je faisais là ? Il y a un trou noir dans mon esprit. On dirait que je perds la mémoire !

J’entends des bruits de griffes sur le plancher, puis un aboiement. Oh ! Le chien est arrivé !

Alors, si je comprends bien, je tombe endormie lorsqu'une demande est acceptée ? C'est un rêve ou un cauchemar ?

Je m'empresse de regarder quelle date nous sommes sur mon iPod. Ça commence à être stressant, je trouve.

Ouf ! Nous sommes toujours le 4 mars.

Excitée de voir à quoi ressemble notre nouvel ami, je cours dans le couloir.

— ATTENTION ! s'énerve Clovis.

Je stoppe mon élan en me retenant sur le cadre de la porte. Je manque de tomber sur les fesses ! Je remarque alors que le plancher est mouillé.

Maman arrive avec la serpillière. Oups ! On dirait bien que le chien a fait pipi par terre.

— Voilà pourquoi je ne voulais pas de chien, marmonne-t-elle. J'en ai marre de ramasser.

Au loin, c'est au tour de Ludovick de crier :

— MICKEY a mangé ma chaussette !

— Ce n'est pas vrai, reproche maman.

Personne n'a l'air très heureux d'avoir un chien. Ça me fait peur. C'est un monstre ou quoi ? J'aperçois enfin l'animal au bout du couloir. Je sursaute ! Il n'est pas du tout comme je l'imaginais. Son poil est noir et il a de longues pattes.

Il bondit partout comme un lièvre. Ses grandes oreilles vont et viennent dans tous les sens. Je me demande qui a trouvé le nom de MICKEY... J'aurais préféré Max.

L'animal court vers moi et, pendant une seconde, j'ai peur qu'il me renverse. Je croyais avoir un chiot, pas un chien déjà adulte et plus grand que moi lorsqu'il pose les pattes avant sur mes épaules.

Beurk! Il me lèche le visage de sa langue molle et baveuse. Ce n'est pas agréable du tout. En plus, il a une haleine horrible.

J'arrive à repousser le chien. Il me suit jusque dans ma chambre. En fait, il me pousse les fesses avec son gros museau et il me force à marcher plus vite.

MICKEY piétine autour de mon lit. D'un coup de queue, il fait tomber le livre qui était sur mon bureau.

Il n'est pas délicat ! J'aurais peut-être dû préciser la race de chien que je voulais. Un chihuahua ou un yorkshire, ça aurait été parfait. Je les trouve mignons dans leurs petits sacs de transport.

Je remarque alors que quelque chose a changé dans ma chambre. Une tablette de ma bibliothèque est vide ! Où est la cage de mon hérisson ?

Le chien marche sur mes orteils et je me surprends à m'impatienter.

— Va jouer ailleurs !

Je voulais un chien, mais pas en échange de mon Léon !

Ils n'ont pas le droit de faire ça sans ma permission. Ce n'était pas écrit dans les instructions.

Je prends mon iPod pour communiquer avec les gens du site de Big Power. Il y a sûrement un moyen d'annuler une demande !

À : dislemotmagique@bigpower.net

De : rose_love44@live.com

Objet : Annuler une demande ?

Bonjour !

Je ne sais pas qui vous êtes, mais j'aimerais bien avoir des explications sur ce qui se passe. Je me suis trompée dans une demande. Est-ce possible de revenir en arrière ?

Merci de m'aider !

Rose

P.-S. – Je dirai tous les mots magiques que vous voudrez !

J'espère avoir une réponse rapide ! Je m'inquiète pour mon hérisson. Où est-il ? Je ne veux pas le perdre. Pauvre Léon...

— Es-tu prête, **Rose** ? demande maman en passant devant ma porte.

— Prête pour quoi ?

Elle fait un chignon avec ses cheveux,

deux mèches blondes retombent autour de son visage.

— Pour travailler !

ZUT ! C'est vrai… En reculant le temps jusqu'au 4 mars, je dois me retaper le ménage à l'école. Ma mère est chanteuse d'opéra dans des spectacles, mais elle a un deuxième emploi. Elle est concierge à mon école.

La semaine de vacances est le moment parfait pour un grand nettoyage. Elle lave tous les planchers à l'aide d'une grosse machine qui fait assez de bruit pour couvrir ses vocalises.

Je vais souvent l'aider le soir après le repas. Je vide les poubelles, je passe la serpillière...

Je ne le dis pas, mais ça me permet aussi de potiner. L'école est vide et je découvre plein de choses intéressantes.

Les élèves laissent parfois des bouts de papier sur leur bureau. Je n'ai même pas à fouiller ! C'est de cette façon que j'ai su qu'Allie sort avec Jacob.

Pfff ! Elle ne l'a même pas dit au reste du groupe.

— Dans deux minutes !

— Maintenant, m'ordonne maman.

— Mais, mamaaan ! J'attends un message important !

Elle me fait de gros yeux. Zut ! Je laisse mon

iPod sur mon bureau, je devrai voir plus tard la réponse de Big Power.

Chapitre 9

L’école des monstres

J’ai enfilé un vieux pantalon et j’ai suivi ma mère à la voiture. C’est toujours moi qui dois aller l’aider à l’école.

C’est mon seul moyen d’avoir de l’argent de poche. Ludovick est trop petit. Clovis gagne des sous en déneigeant l’entrée des maisons des voisins.

Maman me met la serpillière entre les mains. Je la trouve toujours belle dans son habit de concierge. Son pantalon a des trous aux genoux et sa chemise trop grande est nouée sur le devant.

— Commence par l'étage, je vais aller au gymnase.

C'est l'étage des classes. Je m'aventure dans

l'escalier. C'est sombre et silencieux. Mes pas font écho, la bâtisse est vide.

Chaque craquement me fait sursauter. S'il y a des monstres sous mon lit, il doit bien y en avoir dans une école !

Il y a un million d'endroits où se cacher

ici. Sous un bureau. Derrière une étagère. Dans le photocopieur. Dans les toilettes.

La nuit, c'est peut-être l'école des monstres. Quand il fait noir, ils sortent de leur cachette avec leur sac à dos.

Je regrette de ne pas avoir demandé à Big Power de ne plus avoir peur des monstres. La prochaine fois ! Aussitôt que j'aurai rendu le chien et récupéré Léon le hérisson.

Le néon du couloir s'allume et s'éteint par intermittence. Comme dans **LES FILMS D'HORREUR**. Ça y est, les monstres se préparent à attaquer.

Si je descends en courant rejoindre maman, elle roulera

les yeux. Elle n'arrête pas de me dire que j'ai trop d'imagination.

Je prends donc mon courage à deux mains et je pousse la serpillière d'un bout à l'autre du couloir. Ça en fait, des miettes sur le sol, un troupeau d'élèves.

Je nettoie ensuite la classe de troisième année. Les chaises sont montées sur les pupitres, mais je trouve quand même le moyen d'en accrocher un. Je retiens la chaise, mais les livres sur la tablette glissent par terre.

C'est un bureau de garçon, c'est sûr. Il y a des morceaux de gomme à effacer et tous les coins des cahiers sont cornés. Je les place en une pile droite et les remets sur la tablette.

L’agenda ouvert à la page de la semaine dernière attire mon attention. L’écriture est très petite – des pattes de mouche ! –, mais j’arrive à lire : Trouver un cadeau d’anniversaire pour maman. Oh ! C’est Olivier. Sa mère est très malade et elle va souvent à l’hôpital.

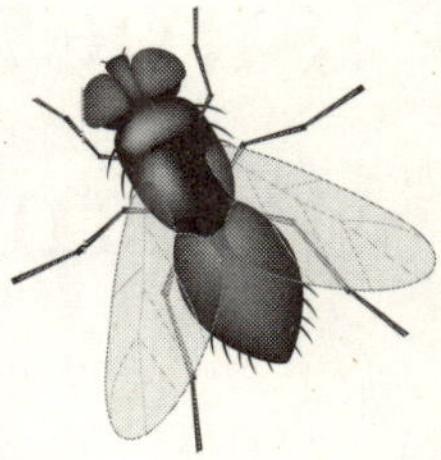

Peut-être que je pourrais faire une demande à **Big Power** pour quelqu'un d'autre ? J'essaierai ! Si ça fonctionne, ce serait super. Je ferai plaisir à plein de monde !

Je vide la poubelle avant de traverser dans la classe en face. C'est la mienne. Chaque fois que je passe près du bureau de Félix, je me retiens de jeter un œil dans ses affaires. Il serait furieux de savoir que j'ai fouillé.

Ah ! J'ai une idée ! Je vais lui écrire un petit mot en langage codé. Je trouve une feuille de papier sur le bureau de l'enseignante.

Pourquoi tu fais exprès d'être casse-pieds avec tout le monde ?

Je dépose la feuille en évidence sur la première page de son agenda.

Du coin de l'œil, je vois quelqu'un entrer dans la classe. Pourtant, personne ne devrait venir ici le soir ! Honteuse de me faire prendre à fouiller dans le bureau d'un élève, je me cache dans la rangée.

— **Rose**, tu m'as fait peur !

Madame Claudie, mon enseignante, sursaute de me trouver dans la pièce. Je me redresse et m'éloigne du pupitre de Félix. Comme si elle pouvait deviner ce que j'étais en train de manigancer !

— Désolée ! Je fais le ménage avec ma mère.

— Pas de souci ! Je passe seulement

chercher les copies d'examen que j'avais oubliées.

Je reprends ma serpillière. Je lui demande :

— Est-ce que vous vous sentez mieux ?

Madame Claudie s'assoit à son bureau. C'est rare que je la vois pas coiffée et sans maquillage.

— Je vais bien, pourquoi ?

— Ben, nous aurons un suppléant pour plusieurs semaines, alors on s'inquiétait.

L'enseignante lève la tête, les sourcils froncés.

— Je ne comprends pas. Je ne suis pas malade. Aucun suppléant n'est prévu.

Je serre les doigts sur le manche de la serpillière. C'est vrai, nous avons reculé le temps. Ça veut dire que les problèmes de santé de madame Claudie arriveront sous peu. Je dois la prévenir !

— Tant mieux ! Alors faites attention à vous !

Je me demande si je peux faire quelque chose pour lui éviter des problèmes.

Chapitre 10

Sac en plastique et caca de chien

En arrivant à la maison, je n'attends pas maman qui répond à un appel sur son téléphone et je sors rapidement de la voiture. J'ai hâte de voir si j'ai eu une réponse de Big Power ! En tout cas, le chien est encore là... Je l'entends aboyer à l'intérieur.

Avant d'atteindre le perron, je remarque un groupe de quatre garçons qui marchent dans la rue. ZUT ! La bande à Félix. Je cache mon visage dans le col de mon manteau. J'espère qu'ils ne me verront pas.

— Hé ! Rosette ! crie Félix.

GRRR. JE L'IGNORE ET JE CONTINUE MON CHEMIN.

— Quelqu'un t'a coupé la langue ?

Je grimpe l'escalier et je claque la porte. Il m'énerve !

Je n'ai pas le temps de me tourner que le chien me saute dessus. Il est gros et fort ! Je manque de tomber à la renverse. On dirait qu'il est content de me voir comme si on se connaissait depuis toujours. MICKEY court chercher une balle gluante.

— Tu ne veux pas vraiment que je prenne ça avec mes mains ?

Elle est pleine de bave. Je la saisis du bout des

doigts. C'est dégoûtant. Je la lance du mieux que je peux. Le chien part comme une flèche.

Un vrai tremblement de terre ! Oh non ! Le vase de maman... Le cadre... Tout tombe au passage de MICKEY. Oups !

En plus, le plancher de bois est tout éraflé à cause des griffes.

Mon père n'est pas content ! Il prend sa grosse voix :

— **Rose Rousseau** ! Ça fait combien de fois qu'on te dit de ne pas lui lancer la balle à l'intérieur ?

Euh... Je ne le savais pas, moi ! Je ne peux pas expliquer à papa que je rencontre notre chien pour la première fois. Il ne me croirait pas si je lui dis que j'ai le pouvoir de faire des demandes spéciales pour changer ma vie.

— Désolée, j'avais oublié.

Je m'avance pour l'aider à ramasser les morceaux de verre par terre. MICKEY revient en courant, la balle dégueulasse dans sa gueule. J'ai peur qu'il me fonce dessus et qu'il me piétine de ses grosses pattes.

— Je vais m'occuper de la vitre, dit mon père, je ne veux pas que tu te coupes. Pendant que je fais ça, prends un sac en plastique et va ramasser son caca dehors.

Je regarde mon père, qui a le balai dans les mains. Il a roulé les manches de sa chemise jusqu'aux coudes et il fait un tas avec les débris du vase cassé.

De mauvaise humeur, il ordonne à MICKEY d'aller se coucher dans son panier au salon. Et je dois sortir ramasser un caca dans la neige ? **BEURK !**

Je pensais que c'était *cool*, avoir un chien ! Dans les films, ils sont des héros et tout le monde les aime. Ils sont beaux, intelligents, ils sauvent des vies, ils rapportent le journal à leur maître…

Je ne connais pas encore MICKEY. C'est peut-être un super chien, mais sa présence ne semble faire le bonheur de personne ici.

J'ai plutôt l'impression que c'est un désastre pour ma famille. Maman s'énerve d'essuyer le pipi par terre, papa bougonne parce que le chien brise des choses dans la maison. Moi, j'ai envie de vomir juste à l'idée de mettre un caca dans un sac en plastique…

Il faut vraiment que ma demande soit annulée ! Je veux retrouver Léon le hérisson, et vite !

Au moins, il fait des petites crottes, lui.

Je cours jusqu'à ma chambre, MICKEY sur les talons. J'arrive à être assez rapide pour lui claquer la porte au nez. J'ai un nouveau message.

À : rose_love44@live.com

De : dislemotmagique@bigpower.net

Objet : Re : Annuler une demande ?

Salut,

Oui, c'est possible d'annuler une demande.

Clique sur le lien pour savoir comment faire.

www.bigpower.net/annulerdemande

Bonne chance !

Je suis soulagée de savoir que je peux changer une décision ! Mais pourquoi on me souhaite bonne chance ? Est-ce une procédure compliquée ? Finalement, j'ai peur de cliquer sur le lien.

Chapitre 11

Instructions pour annuler une demande

Pour annuler ou modifier une demande, choisissez l'une des options suivantes:

☐ Vous êtes en danger

[Votre demande sera alors automatiquement annulée et une équipe d'urgence arrivera sous peu.]

☐ Vous avez fait une erreur et vous souhaitez modifier votre demande

[Un comité examinera votre demande de modification. Cette opération peut prendre quelques jours.]

☐ Vous regrettez votre demande et vous voulez l'annuler

[Suivez les instructions.]

Mon choix est plutôt facile. Je regrette une demande. Je clique donc sur la troisième option.

Écrivez un court paragraphe pour justifier l'annulation de votre demande:

Un comité examinera votre situation. Notez qu'une demande ne peut être annulée avant trois jours. Pendant ce temps, aucune sortie ne sera autorisée et vous n'aurez pas accès à vos appareils électroniques.

Voulez-vous toujours annuler votre demande ?

☐ Oui ☐ Non

J'essaie de me concentrer. Maman prend sa voix de chanteuse d'opéra pour crier que son vase préféré est à la poubelle. Papa me rappelle toutes les trois minutes que je dois aller ramasser le caca du chien dehors. Mon petit frère pleure parce que la bête lui a volé sa précieuse peluche.

Une vraie catastrophe.

Par contre, annuler une demande est plus compliqué que je le pensais. Trois jours sans mon iPod ? Oh mon Dieu ! C'est possible de survivre à ça ? Pendant une minute, je considère l'option de garder le chien…

Et pas de sorties ?

L'invitation d'Allie que je viens de recevoir pour une soirée pyjama…
Je devrai la refuser ? Il paraît qu'il y aura un bar à bonbons ! Sa mère a

même engagé quelqu'un qui nous coiffera et nous fera de beaux ongles. Je ne peux pas manquer ça !

Oh ! Non ! Mon frère a gagné à la radio des billets pour assister au spectacle de Zack Justin. Je veux le voir depuis tellement longtemps. C'est mon chanteur préféré !

Pour une fois que Clovis est gentil et m'offre d'y aller avec lui. Une chance inespérée. Toutes mes amies sont jalouses.

ZUT ! Le chien gratte à ma porte. Je me sens coupable de me demander si Léon le hérisson est plus important qu'un spectacle de musique et qu'une fête d'amies.

Soupir.

J’ai envie de pleurer en regardant les instructions pour annuler la demande. Ça m’apprendra à réfléchir avant de faire n’importe quelle demande sur le site de Big Power !

Chapitre 12

Je n'ai rien à faire

C'est long.

C'est nul.

Je ne sais pas quoi faire.

J'ai lu un roman.

J'ai colorié un cahier

de mandalas. J'ai rangé ma chambre. Il fallait vraiment que je m'ennuie pour passer le temps en faisant du ménage.

C'est le pire moment de ma vie. Même avoir un appareil est moins cruel que rater le spectacle de Zack Justin.

J'ai su par Clovis – qui sort avec la sœur de mon amie Sofi qui, elle,

connaît une
fille qui était à
la soirée pyjama
chez Allie – que
j'ai raté la fête de
l'année. Elles se sont
fait faire des mèches de
cheveux roses ! J'ai hâte
de voir ça…

Trois jours sans mon
iPod, c'est interminable.
Mes amies doivent se
demander pourquoi je

ne réponds pas à leurs messages. Je suis certaine qu'elles m'ont envoyé des photos de la soirée méga

cool. Moi aussi, je veux des mèches de couleur !

Pendant que toute la bande s'amusait – parce qu'il ne manquait que moi ! –, je ramassais des crottes de chien dans la cour.

Mon père répète que la condition pour qu'on ait un chien était que je m'en occupe. Je me souviens de mes arguments quand je suppliais mes parents d'accepter.

JE VAIS LE PROMENER TOUS LES JOURS.

JE VAIS LE NOURRIR.

JE VAIS RAMASSER SON CACA.

Je ne savais pas de quoi je parlais ! C'est du travail, un chien… Mais c'est chouette aussi.

J'apprends à connaître MICKEY et il est adorable lorsqu'il me regarde avec ses grands yeux noirs. On dirait qu'il veut me parler. Il est toujours tellement heureux de me voir ! Je suis la personne la plus importante pour lui sur la Terre.

J'avoue que ça me fait un peu de peine de le rendre. Sa présence empêche les monstres de venir sous mon lit la nuit ! Si je pouvais avoir le chien et le hérisson, ce serait génial. Mais ce n'est pas comme ça que ça fonctionne. Ce n'est pas juste.

Je suis tellement déprimée de tourner en

rond chez moi que ça ne me dérange même pas d'aller travailler avec ma mère à l'école.

La semaine de vacances est presque terminée et il y a encore beaucoup de nettoyage à faire. Aujourd'hui est une journée pédagogique pour les élèves, mais les enseignants sont de retour au boulot. Le prof de CM2 est en train d'installer une affiche sur la porte de l'auditorium. Ma serpillière dans les mains, je m'arrête pour voir de quoi il s'agit.

— Est-ce qu'on compte sur toi cette année, **Rose** ? demande-t-il avec le sourire.

— Non !

Les auditions pour le concours de danse sont un événement important à mon école. Les gagnants ont la chance d'affronter les meilleurs des autres écoles. C'est un concours très populaire. Il y a de gros prix en jeu.

Même s'il est au collège, Clovis est tellement bon qu'il pourrait aller loin dans une compétition, mais il ne veut jamais y participer. Il n'aime pas les concours. Ce sont toujours les mêmes qui se présentent. La bande de Félix et celle de Jessie. Ils dansent dans une troupe depuis longtemps

et personne n'ose rivaliser avec eux.

Si un jour je suis des cours, je m'inscrirai !

Je croise mon enseignante, madame Claudie, dans l'escalier.

— Salut, **Rose** ! As-tu hâte de recommencer l'école ?

— Un peu...

Pas vraiment.

Elle a les bras chargés de cahiers et elle rate la dernière marche.

J'agrippe son bras pour l'aider à garder son équilibre.

— Ouf! Merci, Rose!
Sans toi, je serais tombée.

— Ce n'est rien!

Chapitre 13

Adieu, Mickey

Un bruit étrange me réveille. Il fait encore nuit. Pour une rare fois, je ne pense pas aux monstres qui pourraient

envahir ma chambre.
Je comprends ce qui se passe ! D'un bond, je saute du lit et j'allume ma lumière.

— LÉON !

Il court dans sa roue, ses grosses fesses rebondissent.
Mon hérisson est revenu !
J'ai réussi à annuler la demande d'avoir un chien.

Ça veut donc dire que MICKEY est parti ? Je ne lui ai même pas dit au revoir...

Je m'aventure dans le couloir sombre. Il n'y a plus de traces de griffes sur le plancher de bois. Aucun jouet gluant dans le salon. Le vase de maman est là.

Plus de bols pour la nourriture, plus de

coussin, plus de sac en plastique ramasse-caca. MICKEY s'est évaporé. Comme s'il n'avait jamais existé !

Je suis heureuse de revoir Léon, mais j'ai quand même de la peine de ne pas avoir gardé le chien.

Léon aussi est content de me voir. Il me pousse de son petit nez froid, ses piquants me chatouillent.

Je le remets dans sa cage et je me lance sur mon iPod. Yé ! J'arrive à l'ouvrir ! Il fonctionne de nouveau.

À : rose_love44@live.com

De : dislemotmagique@bigpower.net

Objet : Re : Demande annulée

Salut,

Ta demande a été annulée avec succès.

À la prochaine !

Je devrais dormir et attendre le matin, mais je n'ai plus sommeil. C'est trop excitant, ce que je vis ! Je vais sur le site de **Big Power** :

Entrez votre demande :

Olivier a besoin d'un cadeau d'anniversaire pour sa mère.

J'espère que ce sera possible ! À ma grande surprise, je reçois déjà une réponse :

À : rose_love44@live.com

De : dislemotmagique@bigpower.net

Objet : Informations

Bonjour,

Une demande faite pour quelqu'un d'autre est définitive et ne pourra jamais être annulée. Veux-tu toujours faire ta demande ? Si oui, clique sur le lien : www.bigpower.net/poursuivredemande

Sinon, clique sur le lien : www.bigpower.net/annulerdemande

Merci !

Je ne m'interroge pas sur le sujet, je veux vraiment qu'Olivier puisse offrir un cadeau d'anniversaire à sa mère malade.

Il n'est pas question que je regrette et que je demande de tout annuler. Surtout que je ne veux plus passer trois jours sans sorties et sans iPod !

À : rose_love44@live.com

De : dislemotmagique@bigpower.net

Objet : Demande acceptée

Salut,

Ta demande est acceptée. Elle ne pourra être annulée sous aucun prétexte.

Bye !

Super ! Je suis contente de faire ça pour Olivier.

C'est excitant d'avoir le pouvoir de réclamer ce qu'on veut.

Est-ce que je peux demander que Félix arrête de grogner ? Sûrement pas…

Ah ! Je sais, je souhaite que mon frère se réveille demain matin avec le visage plein de boutons ! Ou qu'il ait un appareil !

Bon, un peu de sérieux. Qu'est-ce que je pourrais vouloir d'autre...

Entrez votre demande :

J'aimerais que ma garde-robe soit remplie de vêtements de marques populaires !

À : rose_love44@live.com

De : dislemotmagique@bigpower.net

Objet : Demande refusée

Bonjour,

Toutes les demandes matérielles et superficielles sont automatiquement refusées.

Désolé !

Zut ! Ça aurait été trop *cool* d'arriver à l'école

vêtue d'un ensemble de chez Gap. J'aurais pu regarder Jessie dans les yeux sans me sentir comme un ver de terre. Elle a toujours de beaux vêtements. Tant mieux pour elle. Le problème est qu'elle n'arrête pas de se vanter. Ça m'énerve.

Assise à l'indienne sur mon lit, je pense à ce que je voudrais vraiment beaucoup. Le plus au monde !

- ✓ Une nouvelle coupe de cheveux
- ✓ Changer la décoration de ma chambre
- ✓ Une séance de photo avec mes amies
- ✓ Aller au prochain spectacle de Zack Justin
- ✓ Rencontrer Zack Justin avant le spectacle
- ✓ Manger une glace avec Zack Justin après le spectacle

Bon ! Je me concentre. Le problème est qu'il y a trop de choses que je veux ! Et tout de suite !

Chapitre 14

Un message de Félix

Tout le monde parle du concours de danse ce matin à l’école. On est excités de se revoir après la semaine de vacances. **Ouf !** J’ai l’impression que la mienne a été encore plus mouvementée que celle des élèves qui sont allés en voyage dans le Sud et qui sont revenus couverts de coups de soleil.

Au moins, je n'ai pas d'appareil dans la bouche et je ne suis pas gênée de sourire. Allie arrive rapidement à côté de moi :

— Salut, **Rose** ! Regarde le super bracelet que j'ai fabriqué chez mon père.

— Oui, tu me l'as déjà montré.

— Quoi ?

Oups ! C'est vrai. Je ne peux pas expliquer à Allie que j'avais déjà vu son bracelet avant que je fasse reculer le temps avec ma demande de ne plus avoir d'appareil.

Elle me regarde, les sourcils froncés. Je hausse les épaules.

— Je dois me tromper ! Il est trop *cool*. Tu m'en feras un.

Félix passe près de nous, accompagné de ses trois pots de colle. Je m'attends à ce qu'il me dise quelque chose de pas gentil, mais au moins ça ne sera pas en lien avec mon appareil cette fois.

— Salut, Rosaline !

Il est incapable de m'appeler **Rose**. Il s'amuse à trouver toutes les façons possibles de modifier mon prénom. J'ai tout entendu depuis la maternelle.

Avoir un prénom de fleur me dérange.

Tu sens la rose. Une Rose qui s'habille en rose. Est-ce que tu as des épines ?

Allie a plus de courage que moi et fait une grimace à Félix. Ses copains et lui s'éloignent en riant.

— Les vacances sont passées trop vite, se plaint mon amie en jouant avec son bracelet à son poignet. Je n'ai pas envie de faire des mathématiques ce matin.

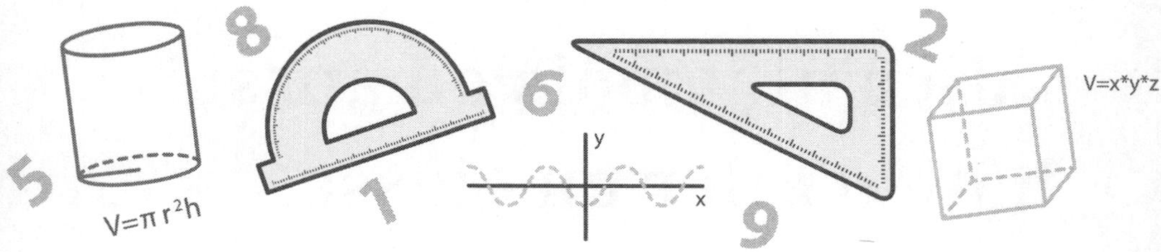

— Surtout qu'on aura un suppléant pour plusieurs semaines.

— Ah oui ?

Je me mords la langue. Je ne suis pas censée savoir ça ! Mais j'y pense, avec tout ce qui s'est passé dans les derniers jours, peut-être que madame Claudie sera là.

Je n'ai jamais eu aussi hâte d'aller en classe. Allie court derrière moi dans le couloir.

— Pas si vite, **Rose** ! La cloche n'a même pas encore sonné.

J'entre en coup de vent dans la classe. Madame Claudie est

assise derrière son bureau et croque tranquillement dans une pomme. Elle a l'air en forme. Elle n'a rien de cassé. Elle se tourne vers nous.

— Bonjour, les filles ! Vous êtes tôt !

— Madame Claudie, ça va ? Vous n'êtes pas malade ?

— Mais non…

Mon cœur bat vite. C'est peut-être parce que je l'ai empêchée de tomber dans l'escalier ?

Si je n'avais pas été là pour la retenir par le bras, elle se serait fait très mal. Est-ce moi qui ai changé son destin en faisant reculer le temps avec ma demande de ne plus avoir d'appareil ?

En tout cas, je suis contente. Il était bien, **MONSIEUR VINCENT**, comme suppléant, mais madame Claudie est la meilleure prof du monde entier !

Durant le cours de mathématiques, je suis déconcentrée par Félix. Il a vu le mot que j'avais écrit dans son agenda ! Je pense qu'il a répondu.

Je dois attendre la récréation pour aller voir...

Au son de la cloche, les élèves bondissent et gambadent comme des gazelles pour sortir dehors. Je prends mon temps. Je fais semblant de chercher quelque chose dans mon bureau.

DRING DRING DRING

Quand la classe est enfin vide, je m'approche à pas de souris de celui de Félix. Je prends son agenda. Il m'a répondu !

Je lui demandais pourquoi il était toujours casse-pieds avec tout le monde.

Peut-être parce que j'aime que les autres me trouvent casse-pieds !

C’est une façon d’avoir de l’attention ? Il fait exprès de nous provoquer ? Il cherche des réactions ? Quelle drôle de façon d’attirer le regard des autres sur lui !

Je jette un coup d’œil en direction de la porte. Personne à l’horizon. Je me dépêche de lui répondre.

Alors fais un effort et dis-moi une de tes qualités.

Je remets le papier à sa place et je sors de la classe. Je tombe sur Olivier qui discute avec son enseignant. Il est drôle avec ses longs cheveux bouclés toujours emmêlés.

Oh ! Il a trouvé un bouquet de fleurs sur son bureau avec une carte pour sa mère. Il ne sait pas d'où ça vient !

— Tu vas les offrir à ta mère pour son anniversaire ? que je lui dis en passant derrière lui.

De son doigt, il remonte ses lunettes sur son nez.

— Oui ! Elle aime les fleurs, elle va être contente. Le problème est que son anniversaire est dans trois mois, les fleurs risquent d'être fanées...

Oups. Je n'avais pas pensé à ça en faisant ma demande. J'aurais dû préciser d'éviter les cadeaux périssables ! Si j'avais su la date, j'aurais pu la mentionner.

— Ce n'est pas grave, dit Olivier en haussant les épaules. Je vais quand même lui donner le bouquet tout de suite. Je trouverai autre chose plus tard pour son anniversaire.

— Je vais penser à ce que je peux faire...

Olivier incline la tête. Il est plutôt comique avec ses fleurs en plein milieu du couloir de l'école.

— Pourquoi est-ce que tu ferais quelque chose pour le cadeau de ma mère ?

— Oublie ça…

Je m'habille pour rejoindre les autres dehors. C'est trop dur de ne pas parler. Ça finira par m'échapper et mes amis apprendront que j'ai le pouvoir de changer ma vie ! Et celle des autres. Comment réussir à garder le secret ?

Chapitre 15

Je veux une sœur !

Mon grand frère joue encore sur sa XBOX. Il ne fait que ça de ses soirées et mes parents le laissent faire. Pfff ! Moi, j'ai un temps limité d'écran, et si j'ose réclamer cinq minutes supplémentaires pour terminer ma partie, mon père répond :

— Alors tu auras cinq minutes de moins demain !

Pourquoi Clovis peut-il jouer en ligne avec ses amis ?

EN PLUS, SES JEUX FONT PEUR.

Lui, il aime s’imaginer qu’il est un agent secret qui court derrière les méchants. Des fois, sa mission est si intense qu’il mange devant la télé et les manettes deviennent dégueulasses.

Il est écrasé dans le canapé et ses pieds sont croisés sur la table basse.

— Tu as bientôt fini ? J'ai besoin de la télé !

Clovis ne répond pas. Il marmonne un gros mot. **Ouille !** Papa m'enverrait dans ma chambre pour deux jours si je le répétais. Je pense que son bonhomme est tombé dans une rivière. Je lui arrache son micro-casque.

— Hé ! s'écrit-il.

— Allez, c'est à mon tour ! Sofi arrive, on va regarder un film…

Clovis ne quitte pas l'écran des yeux.

— Je ne peux pas arrêter, je suis en ligne et ma partie n'est pas terminée.

GRRR ! Il dit toujours ça ! Je croise les bras.

— Elle ne se termine jamais, ta partie ! Bouge-toi, j'ai réservé la télévision cet après-midi.

— C'est quoi, le film ?

— *La belle et la bête.*

Mon frère éclate de rire.

— C'est tellement bébé.

Moi, ce sont ses films de zombies que je trouve ennuyeux. Ça me fait peur aussi, mais ça, je ne lui dis pas.

— Ça tombe bien, on ne veut pas te voir dans le salon pendant qu'on le regarde !

Je tape du pied, mais Clovis ne bouge toujours pas. Il continue à jouer et à hurler contre l'ennemie qui essaie de le piéger. Tant pis ! J'appuie sur le bouton pour fermer moi-même la console.

— Qu'est-ce que tu fais ? J'étais sur le point de gagner !

Mon père arrive dans le salon et se met entre nous deux :

— Qu'est-ce que vous avez à crier comme ça ?

Son tablier est taché de sauce à spaghetti.

— C'est à mon tour d'avoir la télé !

— Elle a fermé la XBOX sans m'avertir !

Papa lève les mains.

— Dans votre chambre, tous les deux.

— Mais…

— Pas de « mais », me coupe-t-il, allez vous calmer.

Il nous fait signe de sortir du salon.
Clovis lance sa manette

sur le sofa. Je claque la porte de ma chambre. Décidée, je prends mon iPod et je vais sur le site de Big Power.

Entrez votre demande :

Je veux une sœur !

Si c'était un chien contre un hérisson, ce sera peut-être une sœur contre un frère. Je fixe l'écran jusqu'à ce que la réponse arrive.

À : rose_love44@live.com

De : dislemotmagique@bigpower.net

Objet : Informations

Salut,

Tu as fait une demande importante qui changera ton quotidien et celui de ta famille. Avant que ta demande soit officiellement acceptée, tu dois faire un essai.

Bonne chance !

Et comment je fais pour « essayer » d'avoir une sœur ? Ce n'est pas le genre de chose qu'on peut commander sur Amazon !

Chapitre 16

La cousine débarque pour la semaine

Ce n'est pas une sœur qui débarque dans ma vie, mais une cousine. Pour une semaine ! C'est donc un test pour voir si je peux tolérer une sœur… Ce sera facile. Je l'aime bien, ma cousine. En tout cas, elle est gentille avec moi quand on se rencontre chaque année à Noël.

Miranie a quatorze ans comme Clovis. Ses priorités :

- ➢ Ses cheveux
- ➢ La qualité du wifi

- Son compte Instagram
- Mon voisin qu'elle trouve mignon

Ses parents sont en voyage et elle s'est installée dans la chambre d'amis. Je suis contente de la voir arriver. Yé !

Enfin une fille qui sera solidaire avec moi contre mon frère et sa XBOX. Je me dis que ce sera *cool* de discuter de trucs de filles avec elle.

Je n'ai jamais personne avec qui fabriquer des bracelets, m'entraîner à créer des belles coiffures, passer une soirée à essayer toutes les couleurs de vernis...

Après une journée, je suis déjà exaspérée.

Je frappe à la porte de la salle de bain :

— Tu as bientôt terminé, Miranie ? Je dois me préparer, moi aussi !

— ENCORE CINQ MINUTES !

Ça fait quatre fois qu'elle me dit ça. Qu'est-ce qu'elle fait dans la douche pour que ce soit si long ? Elle va prendre toute l'eau chaude !

Quand elle sort enfin de la salle de bain, il y a un nuage de vapeur dans la pièce. Un vrai sauna. Ma cousine se plaint que la pression de l'eau dans la douche est tellement faible que ses cheveux sont encore pleins de savon.

— Je ne peux pas aller à l'école comme ça ! crie-t-elle. Mes amis vont penser que j'ai les cheveux gras. **C'EST DÉGUEULASSE !**

Il n'y a pas juste ma mère qui a une voix aiguë. Les hurlements de Miranie sont encore plus pénibles à entendre que les vocalises.

Maman reste calme et lui propose de les rincer dans l'évier de la cuisine. Super ! Je vais prendre une douche glacée ! Et la bouteille de shampoing est vide…

Congelée, je reviens dans ma chambre et je trouve ma cousine assise sur mon lit. Elle prend la pause pour un *selfie*. Elle tourne légèrement la tête vers la droite, puis lève le menton. Elle prend au moins dix photos.

— Qu’est-ce que tu fais ?

On n’entre pas comme ça dans la chambre des autres sans demander la permission ! Au moins, mes frères comprennent ça, eux…

— Je t’ai emprunté un tee-shirt. J’espère que ça ne te dérange pas ? Merci !

Elle s’en va sans me laisser parler. Elle a pris mon tee-shirt rose avec des brillants. Mon préféré ! C'est vrai que les filles entre elles se prêtent des vêtements. Je n'ai pas l'habitude avec mes frères. Clovis préférerait aller à l'école avec des chaussettes blanches dans ses sandales plutôt qu'habillé avec mes vêtements !

Je vais voir Miranie dans la chambre d'amis :

— Alors, est-ce que je peux t’emprunter un tee-shirt, moi aussi ?

Nous n’avons pas le même âge, mais presque la même taille. Ma cousine sourit et m’indique sa valise.

— Oui, tout ce que tu veux !

C'est pratique d'avoir une sœur. Ça donne accès à deux garde-robes ! Sauf que rapidement je me rends compte que nos affaires sont mélangées.

Je cherche ma pince à cheveux. Mes boucles d'oreilles en forme de hérisson. Mon foulard blanc…

Finalement, une fille de plus dans la maison, ce

n’est pas de tout repos. Miranie pousse des cris pour n’importe quoi.

Quand elle est contente.
Quand elle est frustrée.
Quand elle fait une gaffe.
Quand elle a peur.

Elle croise une araignée dans le salon. Debout sur le canapé, elle refuse de bouger jusqu’à ce que papa la ramasse avec un mouchoir.

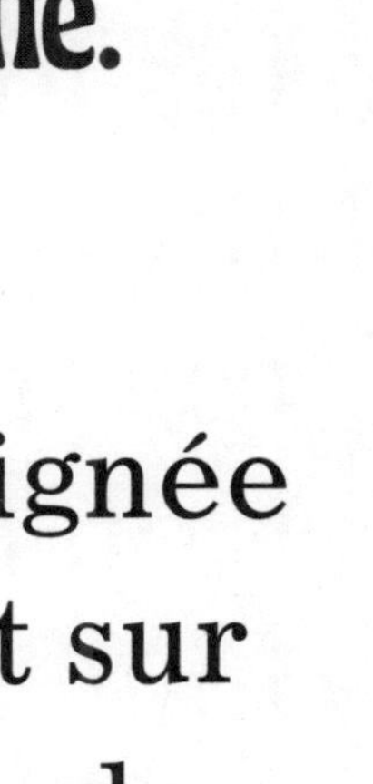

Elle refuse de sortir les poubelles parce que le vernis sur ses ongles n'est pas assez sec et risque de s'abîmer. Le wifi est trop lent. J'écoute la musique trop fort. Tous les films que je lui propose de regarder sont trop bébés. Elle joue autant à la XBOX que mon frère... Les minuscules crottes de Léon

lui lèvent le cœur. Ouf ! Elle n'a pas vu celles de MICKEY !

Lorsque Miranie m'invite au cinéma, mais me demande d'en parler à mon voisin pour qu'il vienne avec nous, je me dis que c'est assez. Je ne suis pas un chaperon.

Mon frère est beaucoup moins compliqué ! Et je l'aime, même s'il pue des pieds et grogne tout le temps…

À : dislemotmagique@bigpower.net

De : rose_love44@live.com

Objet : Re : Informations

Merci pour le test de la cousine. Je ne veux pas de sœur finalement. Annuler ma demande rapidement s'il vous plaît !

Rose

Chapitre 17

Échange de mémos

Ma cousine n'est pas restée longtemps à la maison après que j'ai annulé ma demande d'avoir une sœur. Je suis soulagée ! Ses parents sont revenus de voyage plus tôt que prévu à cause d'un risque de tornade. *Merci*, **Big Power**. Bye bye, Miranie, on se reverra à Noël. Une fois par année, c'est assez. En plus, je pense qu'elle est partie avec mon tee-shirt préféré !

J'imaginais que c'était super d'avoir une sœur parce que mon amie

Sofi s’entend bien avec la sienne. Elles regardent les mêmes films, elles écoutent la même musique. Elles ne se

disputent presque jamais. Mais je réalise que ce n’est pas le cas dans toutes les familles !

On ne choisit pas notre fratrie. Je pourrais

tomber sur une sœur encore pire que Miranie. Par exemple, celle d'Allie passe son temps à la traiter de grosse patate.

Finalement, que ce soit un frère ou une sœur, il n'y a rien de parfait.

Après le repas, j'accompagne ma mère jusqu'à l'école pour faire le ménage. Je me bouche les oreilles de mes mains.

— Maman ! Arrête de chanter dans l'auto !

Elle dit que ça la détend de chanter en conduisant et qu'elle aime le son de sa voix dans la voiture. Heureusement que l'école n'est pas très loin de la maison. On vit l'enfer lorsqu'on va

rendre visite à ma tante à Rimouski. Cinq heures à nous faire casser les oreilles. Même le volume de mon iPod au maximum ne couvre pas toutes les vibrations de ses notes. **UN MAL DE TÊTE GARANTI!**

Je suis toujours excitée quand maman sort ses clés pour ouvrir la porte de l'école. Comme si c'était défendu d'entrer ici, mais qu'on y allait quand même. Nous sommes seules, il fait noir et c'est silencieux.

— Je m'occupe du deuxième étage !

Ma mère me trouve tout à coup très motivée à nettoyer l'étage où sont situées les classes. J'y vais presque en courant ! Je n'ai pas eu l'occasion de regarder si Félix avait répondu à mon mémo. Son agenda est à sa place dans son bureau. Il ne l'apporte jamais à la maison le soir. Je le sais, car je l'observe toujours quand il fait son sac. Ça ne doit pas être très pratique pour faire ses devoirs...

OH! IL A RÉPONDU!

Je lui demandais de me nommer une de ses qualités.

Honnête.
À ton tour.

C'est sûr que Félix est honnête. S'il te trouve idiot, il te le dira ! Bon, quelle qualité je pourrais bien écrire... ???

Je suis persévérante.

As-tu rendu un service à quelqu'un cette semaine ?

Je recache la feuille. Je trouve ça plutôt drôle, cet échange de mémos. Une correspondance secrète !

J'ai encore plein de questions à lui poser... J'ai fait une liste.

Mon père n'arrête pas de me dire que je dois apprendre à connaître les gens avant de les juger.

Qui sait, je découvrirai peut-être les bons côtés de Félix. Il fait tout pour être désagréable avec moi depuis notre premier jour à la maternelle. Nous nous étions cognés l'un contre l'autre en courant. Sa dent s'était cassée en

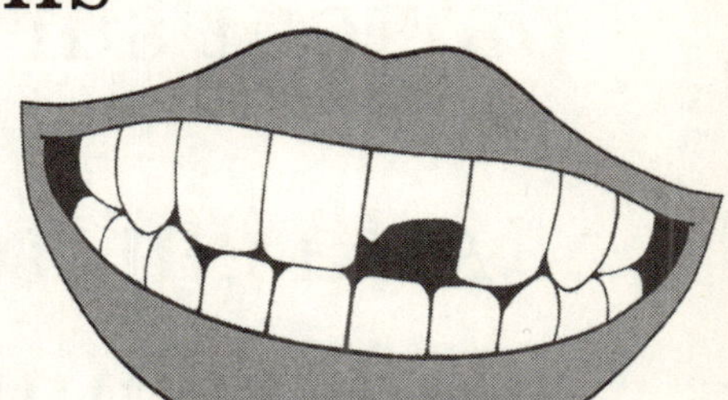

atterrissant sur mon front. Il m'en veut peut-être encore pour ça et me le fera payer jusqu'au CM2 ?

Je m'applique à passer la serpillière. Les affiches des auditions pour le concours de danse m'agacent. Il y en a partout sur les murs.

À la cafétéria aujourd'hui, Jessie se vantait qu'elle gagnerait facilement encore cette année. Elle se pense meilleure que tout le monde.

Le problème, c'est qu'elle a raison... **Elle est vraiment bonne !** Les autres n'ont aucune de chance contre elle. J'aimerais qu'elle ait un peu de compétition de temps en temps.

En plus, le grand prix cette année est un voyage

à Walt Disney World
pour la famille du
gagnant !

Si j'étais moins timide.

Si je savais danser.

Est-ce que Big Power
pourrait m'aider ?

Chapitre 18

Une décision difficile

Entrez votre demande :

J'aimerais être
bonne en danse !

À : rose_love44@live.com

De : dislemotmagique@bigpower.net

Objet : Demande impossible

Bonjour,

Tu as atteint le nombre maximum de demandes qu'un membre peut faire sur le site. Pour en faire une nouvelle, tu dois en annuler une. Si tu veux poursuivre, clique ici : www.bigpower.net

Merci !

Déception. Il y a donc un nombre limité de demandes que nous pouvons formuler. Il me semble que ce n'est pas beaucoup… **JE VAIS LEUR ÉCRIRE POUR ME PLAINDRE**. Il y a encore tant de choses que je veux !

Bon, en attendant, ça ne me rend pas meilleure en danse… Si je veux m'inscrire aux auditions, je dois annuler une demande.

Je réfléchis aux possibilités. Je ne peux pas reprendre le cadeau d'anniversaire de la mère d'Olivier. Est-ce qu'avoir un appareil est si horrible que ça ? **OH OUI !** C'était l'enfer…

Mais est-ce que je préfère avoir des dents droites tout de suite ou réaliser mon rêve de participer au concours de danse ? Je n'aurai jamais le courage de le faire si je ne sais pas danser.

Je me ronge les ongles. Je dresse une liste de ce qui m'attend si je fais remettre un appareil dans ma bouche.

- Parler sur le bout de la langue
- Faire rire de moi
- Ne plus pouvoir manger de bonbons

- Avoir mal
- Avoir des morceaux de nourriture pris dans les fils

Ça ne me tente pas du tout !

Oh là là, c'est difficile.

Allez, **Rose***, tu as toujours voulu danser sur une scène.*

La demande à annuler :

Avoir un appareil de nouveau...

Je ne peux pas croire que je viens de faire ça. J'ai tellement pleurniché pour ne pas en avoir !

Félix se moquera de moi demain à l'école... Quoiqu'il se moque de moi de toute façon. Si ce n'est pas mon appareil, c'est mon prénom. Ou autre chose.

Je sais maintenant ce qui se passe après avoir

demandé quelque chose à Big Power. Je tomberai endormie et je me réveillerai avec un appareil dans la bouche. Et je serai la meilleure danseuse de l'école ! Enfin, si le plan fonctionne.

Chapitre 19

Un appareil et quelques pas de danse

Debout au milieu de la cuisine, je sautille de joie en lisant le message.

À : rose_love44@live.com

De : dislemotmagique@bigpower.net

Objet : Demande acceptée

Coucou,

Ta demande est acceptée.

Bye !

Même si je me suis levée ce matin avec des fils de fer sur les dents. C'est le retour de la douleur, des morceaux de nourriture coincés, des nombreux rendez-vous chez l’orthodontiste…

— Pourquoi tu sautes comme ça ? me demande Clovis.

Appuyé au comptoir, il mange le caramel à la cuillère en attendant que ses tranches de pain grillent.

— Rien !

— Je suis sûr que ce n'est pas rien ! insiste-t-il, la bouche pleine. Tu as un sourire aussi large que si je te disais qu'on va à Walt Disney World.

— C'est justement ça !

Les tartines sautent du grille-pain. Mon frère étend assez de caramel

dessus pour faire faire une crise de foie à maman.

— Tu vas à WALT DISNEY WORLD ?

— Oui, si je gagne le concours de danse.

Clovis lève les yeux au ciel.

— Je déteste les concours. Ce sont toujours les mêmes qui gagnent.

— Pas cette année !

Je suis bien motivée à montrer à Jessie qu'elle n'est pas la seule à bien danser sur une scène.

— Si tu le dis...

Puis j'ai un doute. C'est facile de voir si j'ai un appareil ou non dans la bouche. Mais comment je fais pour savoir si je peux vraiment danser ?

Je m'enferme dans ma chambre et je choisis ma chanson préférée de Zack Justin.

Je me place debout devant le miroir de ma commode. Il est un peu trop bas et je ne vois pas ma tête, mais ce n'est pas grave. Je bouge pour voir si j'ai le rythme. J'y vais doucement... Ça se passe bien. Je fais des mouvements avec mes bras.

ÇA VIENT TOUT SEUL !

Est-ce que je vais enfin pouvoir faire des vidéos sur l'application Musical.ly sans avoir l'air nulle ?

Chapitre 20

Auditions

Assise sur un banc, je suis nerveuse. Je balance mes pieds en essayant de me concentrer. Les auditions pour déterminer les danseurs qui représenteront notre école au concours de danse ont lieu dans cinq minutes. Je n'ai dit à personne que je m'étais inscrite. Même pas à Allie ou à Sofi !

Grâce à **Big Power**, je danse bien et c'est facile pour moi, mais j'ai encore du mal à le croire. On ne sait jamais, la nervosité me fera peut-être oublier la chorégraphie que j'ai préparée !

En deux soirées, je la maîtrisais et j'étais prête.

Deux pieds arrivent dans mon champ de vision. Je lève les yeux. Jessie est penchée au-dessus de moi. Elle a l'air encore plus grande comme ça ! Elle a fait des couettes dans ses cheveux noirs.

— Je viens d’apprendre que tu es inscrite aux auditions, dit-elle en pointant son index sur moi. Tu veux vraiment te faire humilier devant toute l’école ?

C’est vrai ! Les auditions ont lieu sur une scène installée au gymnase. Je me lève pour être à la même hauteur qu’elle.

Je repousse son doigt. Ses ongles sont longs et pointus.

Comment elle fait pour tenir un crayon avec ça ? Je lève le menton.

— On verra bien laquelle de nous deux sera humiliée !

Je viens vraiment de dire ça ? Ce n'est pas mon genre ! Je suis gonflée à bloc. Jessie n'a pas l'habitude de se faire parler comme ça. Elle est bouche bée.

— **Rose**, tu es la première, dit un garçon.

Mathias est au CM2 et il s'occupe du déroulement

des auditions. Alors c'est l'heure ? Je lance un dernier regard à Jessie. Elle fulmine. La tête haute, je suis Mathias jusqu'au gymnase, mais **JE TREMBLE EN DEDANS**. **AU SECOURS!**

— Es-tu prête ? me demande-t-il.

NON !

— Ben oui !

Je rêve de faire ça depuis si longtemps. C'est ma chance. En même temps, j'ai envie de me sauver en courant ! Je pense à Jessie et je redresse les épaules. GO ! GO ! GO !

Mathias m'indique le chemin par où passer. Je monte sur la scène. J'entends des murmures.

— Hein ? C'est **Rose Rousseau**, la fille

qui porte un appareil et qui passe son temps à lire à la bibliothèque ?

— C'est elle qui fait le ménage avec sa mère !

— Est-ce qu'elle suit des cours de danse ?

— Ce sera une catastrophe...

Des gouttes de sueur glissent dans mon dos. Je

ne sais plus où regarder, je veux disparaître derrière le rideau. Puis je vois les filles de la bande de Jessie. Elles rigolent. Elles ont hâte de me voir être ridiculisée par toute l'école.

Félix est là aussi. Il a un drôle de sourire. Il n'a pas fini de rire de moi…

Je prends une grande respiration.

J’en suis capable. Je sais danser maintenant.

La musique commence, la voix de Zack Justin me calme un peu. J’entre dans une bulle. Je ne vois même plus les élèves assis par terre dans le gymnase.

Je bouge sur le rythme, chaque mouvement se fait tout seul. Je flotte. Je pourrais danser comme ça pendant des heures ! La chanson se termine et je ne suis presque pas essoufflée.

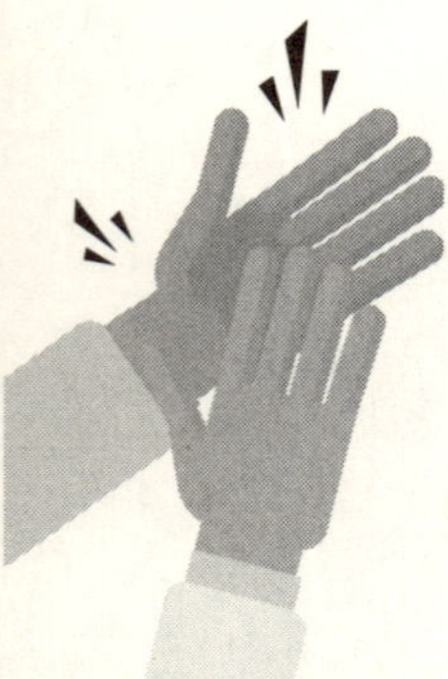

Je reçois des applaudissements. Des cris.

Je l'ai fait ! J'ai envie de pleurer de joie !

Je tombe face à face avec Félix en sortant de la scène. Je crois qu'il est le prochain candidat.

Nous ne sommes pas en compétition, car un garçon et une fille seront choisis pour représenter notre école au concours.

— Bravo !

WAOUH! C'est bien la première fois qu'il est gentil avec moi. Je pense que je l'ai impressionné.

— Merci...

Je me retire du chemin pour le laisser prendre place sur la scène. Je m'écrase sur une chaise. Je viens de vivre quelque chose de magique ! J'ai besoin de deux minutes pour revenir à la réalité...

Chapitre 21

Et les gagnants sont...

Je me remets lentement de mes émotions. J'ai dansé comme une fille qui suit des cours depuis des années ! Ce numéro aurait dû me demander plusieurs semaines d'entraînement pour être aussi parfait.

Je n'ai rien eu à faire. Ça m'est tombé dessus comme par magie. C'était presque trop facile et je ne sais pas si je dois être contente de ma performance… Les autres ont tellement travaillé dur pour se préparer !

Je m'installe dans un coin pour observer les autres danseurs. Jessie me lance un regard de feu. Elle est déstabilisée ! Elle ne s'attendait pas à ce que je sois bonne. Comme tout le monde.

Je n'ai pas été humiliée et elle devra tout donner pour rivaliser avec moi. La pauvre n'a pas l'habitude d'avoir de la compétition.

Elle a choisi une chanson de Lady GiGi. Je me trouve méchante d'espérer que ses pieds s'emmêlent, qu'elle oublie un mouvement, qu'elle rate sa danse... Je ne devrais pas penser à ça ! De toute façon, Jessie s'en sort bien. Elle est dans l'équipe de pom-pom girls depuis longtemps et elle a déjà

remporté plusieurs concours. La scène ne l'impressionne plus.

Ma seule chance de gagner est que les juges aient été touchés par les émotions que j'ai essayé de transmettre pendant mon numéro.

Je ne sais pas si la salle applaudit plus fort pour elle que pour moi, mais Jessie me fait un petit sourire vainqueur.

Elle est fière de sa performance. Et elle a raison !

Félix aussi est bon. Il danse du hip-hop. Il s'entendrait bien avec mon frère ! Il fait toutes sortes d'acrobaties. On dirait que son corps est en caoutchouc. Moi, je casserais en deux si je faisais ça !

Bref, nous sommes huit concurrents sur la scène à attendre les résultats. Allie et Sofi me font des cœurs avec leurs doigts pour m'encourager. Elles sont excitées ! Elles vont me bombarder de questions sur mon soudain talent en danse. Mes amies savent que je rêvais de suivre des cours.

Mathias arrive enfin, un carton dans les mains. À côté de moi, Félix est nerveux. C'est vrai que tous les garçons étaient très forts. Nous échangeons un sourire crispé.

JE VEUX GAGNER !

Mais si Félix l'emporte aussi, ça veut dire que nous devrons danser ensemble au concours. Ce serait un désastre. Nous risquons de nous disputer pour le choix de chaque mouvement ! Je l'imagine déjà me traiter de Rosette qui lui marche sur les pieds.

Mathias prend le micro :

— J'ai le nom des deux élèves qui représenteront l'école au prochain concours de danse.

Comme dans les émissions de téléréalité,

il fait une pause pour maintenir le suspense. À bout de nerfs, Félix lui marmonne d'arrêter de traîner.

— Chez les garçons...

Encore une pause. Félix grogne d'impatience.

— FÉLIX FOURNIER !

Il est soulagé ! Il lève les bras dans les airs en vainqueur. Je lui dis bravo, mais il ne m’entend pas en raison du bruit des applaudissements.

— Et chez les filles…

Mes genoux tremblent. J’essuie mes mains humides sur mon pantalon. Jessie a un sourire confiant au visage. Dans la salle, Allie est dans les bras de Sofi. Elles se rongent les ongles.

— ROSE ROUSSEAU !

Je vois mes deux copines bondir de joie ! Je pense même que Sofi pleure tellement elle est heureuse. Je suis figée.

Je ne réalise pas que Mathias vient de dire mon nom. De toute façon, l'expression de Jessie me glace le sang. Elle m'en veut à mort…

Sous le choc, je regarde Félix. Est-ce que je suis

contente de gagner avec lui ? Je crois qu'il se pose la même question.

Nous réalisons tous les deux que nous devrons nous mettre d'accord dans les prochains jours pour nous préparer au concours. Ce ne sera pas facile !

Chapitre 22

Rose devient populaire

En une journée, ma vie à l'école bascule. Je reçois les félicitations de tout le monde – sauf de la bande à Jessie ! – et toute cette nouvelle attention me gêne. On me dit beaucoup de compliments sur mon numéro de danse. Ça me rend mal à l'aise. Oui, j'ai gagné, mais je n'ai pas le mérite d'avoir travaillé pour y arriver.

Je crois que je fascine les élèves parce que je suis la première à battre Jessie. C'était elle, la meilleure de l'école. D'ailleurs, je rase les murs pour ne pas la croiser. Je me sens moins courageuse que la dernière fois que je l'ai insultée.

Comme d'habitude, à l'heure de la récréation, j'attends que les autres soient sortis et je vais au pupitre de Félix.

Il ne sait pas encore qu'il correspond avec moi.

Ça m'amuse. Je lui demandais s'il avait rendu un service cette semaine.

Manger le dernier morceau de gâteau au chocolat de ma sœur pour lui éviter d'avoir des caries, est-ce que ça compte ?

Je suis nul pour rendre des services. As-tu des idées ?

Essaie d'être gentil avec Rose pour préparer votre danse pour le concours ! Ce serait un bon début...

Je tente le coup ! Je me dépêche d'aller voir sa réponse à l'heure du déjeuner.

Je suis toujours
gentil avec Rose !

Non, tu ris toujours
de son nom,
de son appareil…

C'est juste
pour rire.

Mais ce n'est
pas drôle !

Félix débarque chez nous en fin de journée. Mon frère excelle en danse et il accepte de nous aider à préparer notre chorégraphie. Il est *cool*, des fois ! Ça me stresse de voir Félix dans mon entrée. J'attends son premier commentaire PÉNIBLE.

— J'espère que tu ne penses pas me faire

danser sur du Zack Justin ? dit-il en enlevant ses bottes.

— Toujours aussi désagréable, toi...

Il lance son manteau sur une chaise.

— Hé ! Tu ne devais pas te montrer gentil avec moi ?

Félix fronce les sourcils. Oups ! J'ai encore trop parlé. Il a un doute. Il se demande pourquoi je sais ce qui était écrit sur la feuille dans son agenda. Si je ne fais pas quelque chose, il devinera que je suis sa correspondante mystère !

— Je songeais plutôt à une chanson des Full Power, que je me dépêche d'ajouter.

Félix s'attendait à devoir me tenir tête. Je ne lui aurais pas imposé un succès de Zack Justin. Même si c'est le meilleur chanteur qui existe sur la Terre ! Il hoche la tête, ses cheveux bougent devant ses yeux :

— C'est *cool*, ça.

C'est presque trop simple. Je suis habituée à me disputer avec lui pour un rien.

Même si Clovis est plus vieux que Félix, ils s'entendent bien, tous les deux. Surtout, ils sont très étonnés de me voir suivre leurs mouvements sans difficulté. On dirait que mon cerveau devine ce qu'ils vont faire. Je laisse aller mon corps, il bouge tout seul.

— C'est COOl que tu aies battu Jessie cette année, dit Félix pendant notre pause de jus de raisin. T'es meilleure que je croyais !

Ça nous fait une moustache et je trouve ça drôle. Je vais peut-être enfin découvrir le Félix gentil !

Chapitre 23

Histoires de filles

Allie_LOL:

Félix est parti?

Rose_love44:

Oui!

Allie_LOL:

Vite, raconte! Comment ça s'est passé? Il t'a tiré les cheveux? Tu lui as arraché les yeux avec tes ongles? Je veux tout savoir!

Rose_love44:

Ça va, personne n'est mort.

Allie_LOL:

C'est vrai? Il a été gentil?

Rose_love44:

Il ne faudrait pas trop lui en demander, on parle quand même de Félix Fournier...
Mais il a été correct. On est prêts pour le concours!

Allie_LOL:

Déjà?

Rose_love44:

Oui, ça va être un super numéro! On doit répéter encore un peu pour être synchronisés, mais sinon c'est dans la poche.

Allie_LOL:

Il te fait tourner dans ses bras?

Rose_love44:

Beurk! Non! On doit juste se toucher la main pour certains mouvements. C'est une chorégraphie de hip-hop.

Allie_LOL:

Sofi est en train de te faire un beau bracelet pour le concours!

Rose_love44:

Cool! Et toi, tu veux bien m'aider avec mes cheveux? S'il te plaît! J'aimerais les lisser un peu...

Rose_love44:

OK! On te fera toute belle.

Allie_LOL:

J'ai hâte!

Chapitre 24

Un gros problème

Il neige beaucoup dehors. Le chauffeur d'autobus me dit d'être prudente en traversant la rue. On ne voit rien !

Je cache mon visage dans mon foulard et je cours jusqu'à la maison.

Bizarre, la voiture de mon père est déjà dans la cour. Il n'arrive jamais si tôt le soir. Il a peut-être voulu éviter la tempête.

Je claque la porte et secoue mes bottes.

— Salut !

J'entends du bruit, mais je n'ai pas de réponse.

Mmm, je pense que je vais me faire un chocolat chaud garni de crème fouettée ! Mes joues sont froides et j'ai des frissons.

Ma bonne humeur s'envole quand je mets le pied dans la cuisine.

Papa est assis à la table, les bras croisés. Maman est en face de lui, la tête appuyée dans sa main.

Ils ne parlent pas. Ils ont l'air perdus dans leurs pensées.

Je m'inquiète ! J'imagine tout de suite que quelque chose de grave est arrivé à mes frères.

— Qu'est-ce que vous avez ?

Mes parents tournent les yeux vers moi en soupirant. OH MON DIEU ! C'est pire que je pensais.

Est-ce que quelqu'un est mort ? Pas Léon, j'espère...

— J'ai perdu mon emploi aujourd'hui, **Rose**, dit mon père.

Papa travaille au même bureau depuis toujours !

— On va devoir couper dans nos dépenses en attendant qu'il se trouve autre chose, dit maman.

— Et on va commencer par réduire l'accès à Internet, lance papa sur un ton impatient.

Je propose plutôt qu'on vende la XBOX. Ça ferait de l'argent et je n'aurais plus à supporter mon frère sur le divan avec ses écouteurs à longueur de soirée.

Je les laisse à leurs réflexions et je vais dans ma chambre. Si papa n'a plus de travail, est-ce que ça veut dire que nous devrons vendre la maison ? Et la voiture ? Nous n'irons plus au restaurant le vendredi soir ? Je peux dire adieu à mes mèches turquoise pour mon anniversaire...

C'est une catastrophe.

Il faut absolument que papa se trouve un nouveau travail, et vite ! J'ai une idée : **Big Power** peut sûrement nous aider.

Je prends mon iPod et je vais sur le site.

Entrez votre demande :

Que mon père ne perde pas son emploi !

À: rose_love44@live.com

De: dislemotmagique@bigpower.net

Objet: Demande impossible

Salut,

Tu as atteint le nombre maximum de demandes qu'un membre peut faire sur le site. Pour en faire une nouvelle, tu dois en annuler une. Si tu veux poursuivre, clique ici : www.bigpower.net

Merci !

Je savais déjà que je recevrais cette réponse. Je clique sur le lien sans tarder.

La demande à annuler:

Être bonne en danse.

Le bien-être de ma famille est plus important que savoir danser !

À : rose_love44@live.com

De : dislemotmagique@bigpower.net

Objet : Demande acceptée

Bonjour,

Ta demande est acceptée.

Merci !

Parfait, c'est réglé ! Je me couche tôt. Je sais qu'à mon réveil demain papa partira au bureau comme d'habitude.

Chapitre 25

Entraînement intensif

J'entre dans la cuisine en m'étirant. Papa sifflote. Il prépare son petit déjeuner. Son repas de midi est déjà prêt.

Je souris de le voir joyeux.

— Tu vas au bureau aujourd'hui ?

— Mais oui, ma puce.

Merci, **Big Power**.

Maintenant, j'ai un autre problème à gérer. Un très gros problème. Je prends une orange et je retourne dans ma chambre.

Je dois vérifier si j'ai perdu mes habiletés en danse. Je suis certaine que oui, car j'ai annulé ma demande d'être une bonne danseuse.

J'ai peur de mettre la musique.

Je regrette ! J'ai agi trop vite. C'était triste que mon père perde son travail, mais j'aurais pu attendre que le concours de danse soit passé avant de demander l'aide de Big Power. Je viens de ruiner nos chances de gagner !

Pour une fois que je réussissais quelque chose de *cool*… Les élèves à l'école ne me regardent plus de la même façon depuis que j'ai battu Jessie aux auditions !

Je vais redevenir la fille timide qui n'ose

rien faire parce qu'elle a toujours peur de ce que les gens vont penser d'elle. Félix sera découragé quand il verra que je danse mal !

ARRÊTE DE PANIQUER, ROSE, ET METS LA MUSIQUE.

C'est bien ce que je croyais. Je ne me souviens plus de la chorégraphie que je dois faire avec Félix au concours ! Mes gestes sont maladroits, mes jambes sont lourdes… Ce sera un désastre !

Qu'est-ce que je peux faire ?

Écrire à Big Power ? *J'ai changé d'avis, je préfère que mon père n'ait plus d'emploi pour être une bonne danseuse !*

Est-ce possible d’annuler l’annulation d’une demande ? Ouf ! C’est compliqué !

J’essaie quelque chose :

Entrez votre demande :

Être bonne en danse !

Ils vont me répondre que mon nombre limite de demandes est atteint. Je vais vraiment écrire que je veux que le patron de mon père le congédie juste pour danser dans un concours ? Oui, mais c'est seulement pour quelques jours ! Après la compétition, je ferai une nouvelle demande pour papa.

À : rose_love44@live.com

De : dislemotmagique@bigpower.net

Objet : Demande impossible

Salut,

Une même demande ne peut être faite deux fois.

Bonne journée !

OH NON !

Je débarque dans la chambre de Clovis. Il est en train de préparer son sac d'école en grognant. *Comme d'habitude*.

— Il faut que tu m'apprennes à danser !

— Hein ?

— Ne pose pas de question ! C'est urgent !

Mon temps est compté, car le concours de danse est samedi ! Je passe tous les soirs de la semaine dans le sous-sol avec Clovis. On refait la chorégraphie encore et encore. Trois cent vingt-deux fois plus tard, j'ai mal aux mollets. Je n'ai jamais autant sué de toute ma vie.

Je suis découragée... Danser est plus difficile que ça en a l'air ! Je n'ai pas une bonne mémoire et j'oublie toujours des pas. Je vais subir une humiliation totale !

Chapitre 26

Concours

J’ai vomi ce matin avant de monter dans la voiture. Je n’ai pas dormi de la nuit et ce n’est pas à cause des monstres qui me font peur.

Je tremble de nervosité ! Je ne peux pas monter sur la scène. Je ne suis pas prête, je ne suis pas assez bonne pour me retrouver ici avec les meilleurs danseurs des écoles voisines. Je vais vomir une nouvelle fois. Ou m'évanouir. Ou les deux.

Je n'ai pas encore vu Félix. Je reste adossée au mur. La pièce est pleine de participants et on manque d'air. Tous les danseurs sont réunis et on écoute les instructions.

Nous passerons par ordre alphabétique selon le nom de notre école. Super, mon école s'appelle Auritale-Marie. On risque d'être les premiers !

Si je ne meurs pas d'ici là.

Je prends une grande respiration. J'ai travaillé dur toute la semaine pour apprendre la chorégraphie. Je la réussissais parfaitement une fois sur trois. Si j'ai de la chance, j'y arriverai. Une chance sur trois de ne pas faire honte à Félix et à notre école.

Allie a lissé mes cheveux avec son fer plat. J'ai mis du rouge à lèvres même

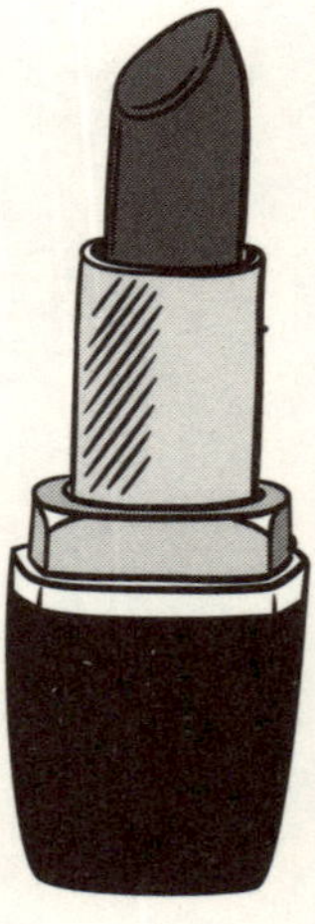

si ma mère n'était pas trop d'accord. Elle a fini par accepter parce que c'était un spectacle. J'ai un legging noir et un chemisier blanc.

Qu'est-ce qu'il fait, Félix ? Il est en retard. Bon… S'il ne vient pas, nous déclarerons forfait pour le concours. Je ne serai alors pas obligée de bouger sur la scène devant les familles de tous les danseurs.

— **Rose** !

C'est lui…

— Salut, Félix.

Lui aussi porte un pantalon noir et une chemise blanche. Il a coiffé ses cheveux ! Il a mis du gel, je pense… En tout cas, il ne les aura pas dans les yeux aujourd'hui.

Une dame s'approche de nous pour coller un chiffre sur nos vêtements. **Numéro 2**.

— Vous passerez en deuxième, nous sourit-elle.

Je savais que nous serions dans les premiers. Pourquoi je vais dans une école dont le nom commence par un A? Ça aurait pu être n'importe quelle autre lettre de l'alphabet !

J'aurais accepté un G. Un M ou un S aurait fait l'affaire. Mais non, il fallait que ce soit un A. Je vais demander à changer d'école…

— C'est parfait, me dit Félix quand la dame s'en va. Ce sera vite fini et on ne sera pas stressés trop longtemps.

— C'est une façon de voir les choses...

Alors il est **nerveux**, lui aussi ? On ne dirait pas. Au contraire, je trouve qu'il a l'air trop calme. Ça m'énerve encore plus de le voir regarder ce qui se passe autour de lui, les mains dans les poches. Une autre femme vient vers nous. Elle a un peigne et un miroir dans les mains.

— Avez-vous besoin que je vous coiffe ?

Je secoue la tête. Allie a mis tellement de temps à faire tenir mes cheveux, je ne veux plus y toucher ! De toute façon, maman a vidé la bouteille de laque sur ma tête. Tout est figé pour trois jours.

Félix n'est pas bavard, mais au moins il n'est pas

bête avec moi. Il ne nous reste plus qu'à attendre notre tour.

Chapitre 27

La danse

Félix avance sur la scène d'une démarche confiante. J'ai l'impression d'être un robot. J'ai la tête vide.

Je ne me souviens plus de notre chorégraphie. En fait, je ne me souviens même plus de mon prénom. Je vais lui faire rater ses chances de gagner le concours ! Il m'en voudra jusqu'à sa mort. Il m'appellera Rosinette pour l'éternité...

Nous prenons la position de départ. Félix voit dans mon visage

que je suis effrayée. Que je vais vomir.
M'évanouir.
Mourir.

— On a juste à faire comme si on était tous les deux seuls dans ta cuisine, me murmure-t-il avant que la musique commence.

Je me concentre et le regarde dans les yeux. J'essaie d'oublier la centaine de personnes assises dans la salle. Je veux ressentir la musique comme la dernière fois que j'ai dansé sur une scène. C'était magique. *Allez ! Je peux le faire.* Je suis les mouvements de Félix. J'ai exécuté la chorégraphie trois cent vingt-deux fois dans mon sous-sol cette semaine, je ne peux pas avoir tout oublié.

Plus le numéro avance, moins je suis nerveuse. À la fin, j'ai même du plaisir !

Je pense que Félix n'en revient pas.

— **WAOUH !** Tu étais en feu !

Je suis tellement contente d'avoir réussi

que je saute sur place. Qu'on gagne ou non, je suis fière de moi ! Plus que si j'avais gardé la magie de Big Power. Je l'ai fait toute seule ! Parce que j'ai fait des efforts pour apprendre.

Les autres danseurs nous félicitent quand nous retournons dans le local. On doit maintenant attendre que tout le monde passe avant d'avoir les résultats.

Chapitre 28

Nouvel ami, nouvelle ennemie

C'est une école de Québec qui a gagné le concours. Je suis déçue. Félix et moi avons terminé à la troisième place. On avait pourtant été très bons ! Mais les autres aussi…

Les juges ont dit que les scores étaient très serrés et que la décision avait été difficile à prendre. Je comprends…

J'ai affiché un sourire sur mon visage pour ne pas montrer ma tristesse. Je voulais tellement prouver que j'étais capable de réussir quelque chose ! Je suis toujours gênée et je n'ose jamais rien.

Et je voulais vraiment aller à Walt Disney World !

— Ne fais pas cette tête-là ! me lance Félix.

Il y avait trente-deux équipes ! Troisième, ce n'est pas si mal.

Il a raison, mais est-ce que je peux avoir cinq minutes de déception ? Après tout, c'est moi qui ai répété la chorégraphie trois cent vingt-deux fois pour l'apprendre et espérer une victoire. Et peut-être que j'aurais aimé me vanter devant Jessie.

Ma mère arrive, les bras chargés de fleurs. Mon père m'embrasse sur les joues. Ils sont excités ! Je bats des cils pour cacher que j'ai les yeux pleins d'eau. Je ne vais pas pleurer, quand même…

Je ne suis pas mauvaise perdante, mais l'échec me fait mal.

— Ma puce, c'était super !

— Tu étais la meilleure !

Autour de nous, tous les parents disent la même chose à leurs enfants. Félix est rapidement entouré par sa famille, lui aussi, et on ne se revoit pas avant le lundi matin à l'école.

J'ai accepté la défaite, après avoir pleuré dans

mon lit... C'est vrai qu'une troisième place, c'est acceptable dans les circonstances. Je n'avais jamais dansé avant la semaine dernière !

Tout le monde à l'école parle du concours de danse. Jessie sera heureuse de me dire qu'on n'a pas gagné. Allie et Sofi tournent autour de moi.

— J'ai vu des photos et vous étiez trop beaux !

— Je suis fière de toi !

Félix arrive avec sa bande. J'ai hâte de voir comment ça se passera. Maintenant que le concours est terminé, il redeviendra peut-être le Félix qui riait de moi.

Il m'envoie un signe de la main. C'est tout. Pas

de jeux de mots idiots avec mon prénom. Pas de grimace.

— Cache-toi, **Rose** ! s'écrie Sofi. Jessie arrive.

Mes deux amies se mettent devant moi. Jessie ne les regarde pas et me fixe dans les yeux.

— Tu as fait perdre notre école !

Je courbe les épaules. Elle a raison ! Je veux me

rouler en boule sous un banc et me cacher jusqu'à ce que la cloche sonne. Sofi réagit :

— **Ils ont très bien dansé, tu sauras !** Une troisième position, c'est génial !

— Félix doit être déçu de ne pas avoir gagné cette année !

Elle s'en va. Mon cœur veut exploser. Oui, je sais

que Félix a l'habitude de gagner avec elle depuis trois ans.

— Oublie-la ! m'encourage Allie. Elle est juste jalouse.

J'essaie de faire comme si ça ne me dérangeait pas, mais je me sens mal.

À la récréation, je me dépêche de prendre l'agenda de Félix. Il est temps qu'il sache qui correspond avec lui. Et ce sera plus facile de m'excuser en lui écrivant.

Sauf qu'il y a déjà un mot pour moi :

Je suis content de notre troisième place ! C'était cool de faire ça avec toi. On gagnera l'an prochain.

Et tu sais quoi ? Moi aussi, je vais avoir un appareil… Je m'excuse d'avoir été méchant avec toi.

Il sait déjà que c'est moi.

Alors je rirai de toi quand tu auras un morceau de brocoli coincé dans tes fils.

Et je suis désolée que tu n'aies pas gagné cette année à cause de moi ! Je suis inscrite à des cours de danse. On gagnera l'année prochaine !

En tout cas, je n'aurai plus à craindre qu'il se moque de moi. Lui aussi aura des fils dans la bouche. Ma mère avait raison, plusieurs élèves en ont…

Je vais demander des élastiques de couleur à mon prochain rendez-vous. Si je dois avoir des élastiques accrochés à mon appareil et qui traversent ma bouche de haut en bas, aussi bien que ce soit rigolo. Je vais même choisir le rose ! Félix pourra blaguer que **Rose** a des élastiques roses, ça ne me dérangera même pas.

Autre bonne nouvelle, mon père est revenu du travail en me disant que son collègue au bureau avait un petit chien à donner !

Il est d'accord pour l'adopter si je m'occupe

de l'animal. Le nourrir, le promener dehors, ramasser son caca avec un sac en plastique… Pas de problème ! J'ai déjà fait tout ça !

Je me rends compte que les demandes que j'avais faites sur le site de **Big Power** se réalisent toutes seules ! Le chien, les cours de danse…

Il me suffisait d'être patiente. Je veux tout

avoir trop vite. Mais je suis cent fois plus contente de ma troisième position au concours. Je sais maintenant ce que c'est, travailler pour avoir ce qu'on veut !

Je crois que je vais retirer mon nom de la liste des membres du site de Big Power. Je ne veux plus faire des demandes pour changer ma vie. Je l'aime comme elle est !

À : dislemotmagique@bigpower.net

De : rose_love44@live.com

Objet : Je ne veux plus être membre

Bonjour,

Je veux enlever mon nom de la liste de vos membres.

Merci !

À : rose_love44@live.com

De : dislemotmagique@bigpower.net

Objet : Re : Je ne veux plus être membre

Bonjour,

Suis le lien ci-dessous :

www.bigpower.net/neplusetremembre

Bye !

Je clique sur le lien.

Vous pouvez retirer votre nom de la liste de nos membres en tout temps. L'opération est définitive. Vous ne pourrez plus être membre à nouveau.

Souhaitez-vous continuer?

☐ **Oui** ☐ **Non**

Je ne sais pas quoi faire. **Big Power** est quand même utile dans certaines situations d'urgence… Je pourrais rester membre sans faire de demandes ?

Je fais défiler l'écran. Tous les noms des membres sont énumérés ! Il y en a des centaines. Et dans la liste, il y a celui de Félix Fournier…

UN ÉTÉ
au chalet
Catherine Girard-Audet
UN ÉTÉ au chalet
Catherine Girard-Audet
UN ÉTÉ
au chalet
Catherine Girard-Audet
COMME LES GRANDS JE LIS UN GRAND ROMAN AVEC DES GRANDES LETTRES

PASSEPEUR
COMME LES GRANDS JE LIS UN GRAND ROMAN AVEC DES GRANDES LETTRES
Marilou Addison
Richard Petit
Marilou Addison + Richard Petit = ROMAN
PASSEPEUR
QUI va dérouler la momie ?
K
Mon BIG à moi
ROMAN
PASSEPEUR
QUI VA DÉROULER LA MOMIE ?

Déjà plus de 500 000 exemplaires vendus !

- Une collection spécialement conçue pour les premiers lecteurs (dès 7 ans)
- Des textes écrits avec de grands caractères pour faciliter la lecture
- Beaucoup d'illustrations et une mise en page dynamique
- Des histoires drôles qui sauront plaire aux jeunes lecteurs
- Des romans géants de 352 pages qui rempliront les jeunes de fierté lorsqu'ils les auront terminés